消逝在酒馆里的岁月

马语 ◎ 著

国际文化出版公司
·北京·

图书在版编目（CIP）数据

消逝在酒馆里的岁月 / 马语著. —北京 : 国际文
化出版公司, 2019.12
ISBN 978-7-5125-1119-4

Ⅰ. ①消… Ⅱ. ①马… Ⅲ. ①散文集－中国－当代
Ⅳ. ①I267

中国版本图书馆CIP数据核字（2020）第015544号

消逝在酒馆里的岁月

作　　者	马　语	
责任编辑	戴　婕	
策划编辑	刘敏敏	
特约编辑	刘江娜	
统筹监制	王光海	
封面设计	可圈可点	
版式设计	程海林	
出版发行	国际文化出版公司	
经　　销	北京时代光华图书有限公司	
印　　刷	天津市祥丰印务有限公司	
开　　本	880毫米 × 1230毫米	32开
	7.5印张	115千字
版　　次	2020年10月第1版	
	2020年10月第1次印刷	
书　　号	ISBN 978-7-5125-1119-4	
定　　价	49.80元	

国际文化出版公司
北京朝阳区东土城路乙 9 号　　　　　邮编：100013
总编室：（010）64271551　　　　　传真：（010）64271578
销售热线：（010）64271187
传真：（010）64271187-800
E-mail：icpc@95777.sina.net

出版说明

作家马语先生的自选散文集。

马语先生在媒体从业十几年，中国作家协会会员，现在政府挂职。从上世纪九十年代开始文学创作，先后在《人民文学》《人民日报》《新华文摘》《北京文学》等大型文学刊物发表作品。2010年长篇散文《消逝在酒馆里的岁月》在《人民文学》刊发后，引起关注。其中有些篇章，如实记录了上世纪90年代的光怪陆离。有忧愁，有欢笑，也有不堪。正可谓"文变染乎世情，兴废系乎时序"。现在重新结集出版，似乎多了一层反思和警醒的意味。

2012年，马语先生的散文《一言难尽陪读路》获第六届老舍散文奖，中国作协副主席李敬泽给予的评价是：

《一言难尽陪读路》，是言之有物的散文，是有话忍不住要说的散文，又是一言难尽，百味杂陈的散文。这样的文章不多。没有文人气，没有文章气，他不打算把话说圆，也没想起把自己收拾妥当了出来见人，就这样本来面目，所谓真的人生。

这个评价，准确，中肯。用来形容这本散文集，也恰如其分。

目 录

保证难写

记得在很早以前，我也写过一两份保证书，为戒酒。

这些年，不时会听到有人因喝酒出事或丧命。在奔向四十岁的路途中，在这个春天里，我准备了好些天，下决心写下这份保证书：不再那样喝酒。绝不能再那样糟践自己的身体，绝不能再那样荒废时光与生命……

我没敢写我要彻底戒酒。

在我们这个地方生活，不喝酒，那怎么可能？仅仅因为走错了房门，一下就多喝了几十杯酒：那天去北国大酒店吃饭，记错了朋友说的包间号，推门进去一看不对，我反身要退出却已来不及。在座的也是一帮熟人，我只好过去敬酒，连敬带被敬，在我仓皇退出时已喝下三十多杯酒。

如果全国那么多人，都像我这样喝，那还能不喝掉一个西湖？两个三个都有可能啊。我们这里原来的酒曲中有这样一句："黄河倒吸一口干"，那是多大的气势！我只能保证，今后我个人一次喝的量要少，若没有特殊情况不能喝醉，特别是喝酒的次数要绝对减下来。

这是多年前的事了，下午下班，在走向酒馆的路上，一边是家中妻子打来的电话，不允许我去喝酒，要我立马回家；一边是朋友们在酒馆里打来的电话，要我快点过去，说就差我一个人了。我在电话里一再向朋友推辞，说妻子死活不让我出来喝酒了，一定要我回家。

朋友哈哈一笑，要我赶快给妻子说明，喝酒也是工作的延续……这一点，我自己其实比这个朋友更清楚。善喝酒，酒量大，让一些人确实沾了不少光。在好些年里，吃喝招待之风盛行，其中蕴藏着很深的处世"哲学"和人生"学问"：吃出好印象，吃掉工作中存在的问题，在各式宴会，频频举杯中，你好我好大家好。对此，美国马萨诸塞大学波士顿分校社会学教授邓小刚有这样的观点："中国有一个文化传统，一个人得到提升，很大程度上不是看你的业绩，而是看你跟领导的关系和你的社交网络。怎么获得领导对你的好感？一个办法就是各种铺张浪费，大规模招待，使上级领导感到有气派、有场面，给足了自己面子。给上级的招待多了，领导对你的印象就会发生变化，对他的决策也会产生影响。特别是这种现象在中国上行下效。"

　　我是在黄河岸边割草、放牛长大的孩子，曾一直对自己的身体很自豪，我就是黄河边石壁上自由行走、奔跳的那一只黄羊，或广阔田野上无人管束的那匹小马。初到这座城市的时候，我曾在它的体育场那细沙石子铺成、两边长满青青蒺藜的跑道上，一口气跑了十来圈。可是现在，在新修成的世纪广场的塑胶跑道上，我仅能跑下一圈来。东沙的老城墙，是我以前经常去的地方，那里清风徐徐，空气澄明，四季都有鸽群从空中飞过，可以一览这个城市的全貌。好几年了，我再没爬上去过，每次只是在老城的石板街上，前后走一圈，抬头望向东沙那老城墙兴叹。

　　这些天，家人和亲友一直在催促我，去医院，做检查。在这人生及生命的重要时刻，诸事打扰我，还未来得及去，但已做了很多深思：这个城市，成年男人身体大多有疾，

许多都是与喝酒有直接的关系；许多人之所以停了酒，就是因为以前喝得太多，身体出了毛病。如我的赵非兄，过去一回能喝一瓶白酒，今年夏天做了大脑开颅手术，才止了酒。许多人再不戒酒，性命不保。就是现在，我只要三到五天不喝酒，轻松自如，又像出现在故乡田野上金色阳光下那匹欢蹦乱跳的小马。

这是一块什么样的土地？生活在这里的人们为什么这样不惜生命地喝酒？我一直在寻找答案，阅读史志，阅读尘世，也阅读了大量古人饮酒留下的诗文。

斗酒诗百篇

古人是怎样喝酒的？

翻阅古代的文学作品，与酒有关的诗文灿若星汉。曹操的《短歌行》、陆游的《楼上醉歌》、苏轼的《水调歌头·明月几时有》、杜甫的《醉时歌》、李白的《将进酒》……都是流传后世的不朽之作。这些作品的文化内涵之深、积极意义之广，是后人千百年都未能品读尽的。

曹孟德喜饮杜康，白居易、苏轼好喝屠苏酒……历代文人都与酒结下了不解之缘：欢乐时"白日放歌须纵酒"，愁苦时"醉里不辞金盏满"，相逢时"一壶浊酒喜相逢"，送别时"劝君更尽一杯酒"，赏月时"举杯邀明月"。无时不酒，无处不酒……

唐敬宗宝历二年（公元 826 年），刘禹锡被罢免和州刺史返洛阳，白居易也从苏州归洛，两位诗人在扬州相逢。筵席上，二人对饮并以诗相赠，刘禹锡写下了他的传世名篇《酬乐天扬州初逢席上见赠》：

巴山楚水凄凉地，二十三年弃置身。

怀旧空吟闻笛赋，到乡翻似烂柯人。

沉舟侧畔千帆过，病树前头万木春。

今日听君歌一曲，暂凭杯酒长精神。

"五花马，千金裘，呼儿将出换美酒，与尔同销万古愁"，"古来圣贤皆寂寞，惟有饮者留其名"……历代文星之中，饮酒赋诗，当推李白。翻开他的诗词，一股侠客豪饮之风扑面而来。从诗仙的众多诗句中，我们似乎看到他经常醉着，却又是睁着一双世事洞明的大眼睛。他就这么一边喝着，一边激扬文字，指点江山！"君不见黄河之水天上来，奔流到海不复回！"黄河源远流长，此时在诗仙的诗中如从天而降，一泻千里，东去大海。大河之来，势不可当；

大河之去，势不可回……黄河日夜奔流，青丝与白发就这么悄然地交替……

有什么是属于永久的期待？

是酒，与那酒香中流泻的诗情，才是诗人亘古常新的生命关怀。"人生得意须尽欢，莫使金樽空对月。天生我材必有用，千金散尽还复来。"也许有人会说李白也是悲情的，但那是巨人式的伤感！不是颓废，而是更大的自信。张扬自我，肯定个性，李白相信他不是凡人；不相信人是金钱的奴隶，一切随心而动，千金散去全不悔。"会须一饮三百杯"，可以想见，那是一场多么磊落的豪饮……

同样是饮酒，一壶老酒，让天才苏轼诗兴大发，写下与《赤壁赋》齐名的千古名作《水调歌头·明月几时有》："明月几时有？把酒问青天。不知天上宫阙，今夕是何年……"把酒临风，诗人抬头遥望当空明月，其思想情感插上了翅膀，天上人间自由翱翔。将青天作为朋友，把酒相问，这是何等不凡的气魄！"但愿人长久"打破时间的局限，"千里共婵娟"打破空间的阻隔，这又是何等丰富博大的精神境界！众多史料证实，苏轼酒后的书画更具神韵，提倡"诗画本一律，天工与清新"，肯定"诗中有画，画中有诗"的境界。苏轼的存世书迹有《黄州寒食诗帖》《赤壁赋》等。存世画迹有《古木怪石图卷》《竹石图》，近年发现的《潇湘竹石图卷》也是他的作品。即使是在才俊辈出的宋代，苏轼在诗、文、词、书、画方面均取得了登峰造极的成就，成为中国历史上少有的文学和艺术天才。

《红楼梦》里也写到，下了一场大雪，大观园里的美人们蠢蠢欲动作诗联句。芦雪庵盖在傍山临水的河滩之上，一带几间，茅檐土壁，推窗便可垂钓，四面都是芦苇掩覆，一条去径逶迤穿芦度苇过去……众人都来了，却不见湘云和宝玉，原来二人是算计那块鹿肉去了，群芳找到他们时宝琴说："怪脏的。"黛玉说："今日芦雪庵遭劫，生生被云丫头作践了。我为芦雪庵一大哭。"湘云却说："我吃了这个方爱吃酒，吃了酒才有诗。若不是这鹿肉，今儿断不能作诗。"……"你知道什么！'是真名士自风流'，你们都是假清高，最可厌的。我们这会子腥膻大吃大嚼，回来却是锦心绣口。"这场群芳"吐"诗，湘云诗兴盎然，佳句连出："龙斗阵云销，野岸回孤棹。"

这位史大姑娘每有佳句:

> 别圃移来贵比金,一丛浅淡一丛深。
> 萧疏篱畔科头坐,清冷香中抱膝吟。
> 数去更无君傲世,看来惟有我知音。
> 秋光荏苒休辜负,相对原宜惜寸阴。

可以说,在大观园里,也只有史湘云才做得出这样的诗。

借着酒,陶渊明为我们赋出了多少千古绝唱!他的大多数诗中都有酒,哪怕是全篇没一个酒字,你都能感受到一股浓浓的醉意。"采菊东篱下,悠然见南山。山气日夕佳,飞鸟相与还。"陶公这样饮酒:"一觞虽独尽,杯尽壶自倾""寄言酤中客,日没烛当秉"。

也常常这样饮酒:

> 故人赏我趣,挈壶相与至。
> 班荆坐松下,数斟已复醉。

父老杂乱言，觞酌失行次。

不觉知有我，安知物为贵。

悠悠迷所留，酒中有深味！

　　这首诗所述，请友人松下坐饮，没有桌椅，只好铺荆于地，宾主围坐，没有丝竹音乐，只能听风吹树叶，听父老说乡野闲话。这样的情境，诗人却"不觉知有我"，物我两忘；有些人迷恋于虚荣名利，而我则知"酒中有深味"，追求一种与自然冥合的境，酒之深味是在于此。

故乡的酒曲

　　小的时候，在我的故乡，只有遇到婚丧嫁娶，事主家才请来四邻八村的亲朋好友大摆几天酒席。骑驴的、骑自行车的、徒步拖儿带女的，亲朋好友穿着能见人的衣裳，从四山头上赶来，搭起火塔，窑洞里、场院上，吹打起热烈而悠扬的鼓乐，陕北唢呐高亢嘹亮，小山村总要红火热闹好几天。

　　那时小山村的酒席上，喝酒是要按一定的套数来的，分告坐、敬酒、要酒、劝酒、对酒、退酒……每个程序都有酒曲。唱酒曲的程序，一般是当客人在席前坐定后，主人先将第一杯酒泼于尘埃，以祭天地。随后酒席开始，有人唱起告坐的酒曲：

四方桌子炕上摆，

端上来烧酒摆上些菜（伊么啊唔哎）。

叫声亲亲你上炕来（呀唔哎），

盘住圪膝压住腿。

端起酒盅嘴对嘴，

烧酒本是谷子水。

喝在肚子里养身体，

我那亲亲连喝三杯。

有些座席的能歌的亲朋就即兴唱道：

一朵莲花就地开，

主人家请我告坐来。

豁亮亮的大房满间炕呀，

安在哪里哪里坐（呀么那什咿号嗨莲子开）。

酒过三巡以后，就开始唱《敬酒歌》：

弦子抱在怀，

小小酒曲唱上来，

油漆桌子安上来，

湿布子擦来干布子揩，

象牙筷儿对对来撒开。

四个菜碟四下里摆，

事主家有酒大壶里筛，

银壶里添酒金盅里来，

斟起冒起圪堆起，

一个罢了一个再来。

酒宴正式开始后，猜拳、行令、打通关，一排窑洞、满院子红火热闹。其间有唱《要酒歌》的：

太阳出来一点红，照见主家大酒瓶。

大烧烧酒不给喝，小烧喝得怪头疼。

更多的是对歌。有的人记性好脑子活，一口气能唱十来首，却曲曲不同，歌词即兴发挥，曲调信手拈来：

双手推开门，

两眼观分明，

当炕坐位老年人，

两旁里又坐众亲朋。

我有个酒曲送与你们听，

听不听，记在心，

倒不如我手提上银壶把酒斟。

唱曲的人给一桌的亲朋倒满酒，接着唱：

一苗苗白菜两苗苗那葱，

喝酒的人儿数你红。

这盅盅烧酒请你用，

喝了烧酒一年四季顺。

众人就端起面前桌上的酒喝下去。看到还有人没喝，或没喝尽，唱曲的人随口又来一首《好不容易遇到一搭搭》：

二茬茬韭菜扎把把，好不容易遇到一搭搭；

这杯烧酒你接下，接下这烧酒好拉话。

人对事对坛场对，三杯五杯喝不醉；

烧酒本是五谷水，喝在肚子里养身体。

三畦畦白菜俩畦畦葱，喝酒的人儿是英雄；

烧酒本是五谷精，喝在肚子里提精神。

婚礼上酒席间，不乏能人，却是不肯显山露水，也有被众亲朋请起、吆喝起唱的：

叫我唱来我不会唱，

众位亲朋多多原谅。

拦羊的嗓子回牛声，

惊起母猪掀墙根。

掀起墙，压死羊，

一家叫我打新墙，

一家又叫我赔绵羊。

哎，

今天咱就丢下这么两句狂。

"酒曲本是没梁的斗"，也有借酒兴上来自告奋勇亮开嗓门唱的：

羊圪羝跑进了绵羊圈，

我喝酒不用你打劝。

……

生来我一十九，

吆上那牲口赶马头，

远走那山西汾阳府，

路过又走古名州。

马家碰的果馅到口酥，

麒麟沟过来又喝四两酒，

石湾街，月牙路，

四根旗杆擎天柱，

柠条梁上我驮回两桶油。

酒喝不下去，输者要唱《告输歌》：

房子高来房檐低，房檐低下鸽子飞。
有心飞个二三里，翅膀软得飞不起。

或请人代唱，如《担承我们年轻人》：

一来我人年轻，
二来我初出门，
三来我人生认不得人，
好像那孤雁落在凤凰群，
展不开翅膀放不开身，
叫亲朋们你多担承，
担承我们年轻人初出那一回门……

酒宴时间长了，酒令就逐渐变得随便，而歌兴很浓的人，则可以找人对歌：

什么上来一点红？
什么上来像弯弓？
什么上来成双对？
什么上来黑洞洞？

对唱：

太阳上来一点红，
月亮上来像弯弓，
姑娘小伙子成双对，
红被子盖住黑洞洞。

曲手们都是即兴出口，八仙过海，各显其能，都围绕着山村的婚礼：

月儿弯弯照高楼，几人欢乐几人愁。

什么人在高楼饮好酒，什么人丢下在外头？

对唱：

月儿弯弯照高楼，新女婿欢乐新媳妇愁。
客人亲戚在高楼饮好酒，吹鼓手丢下在外头。

如对答不上就罚酒，相持不下，就猜拳行令定胜负。
到了最后，酒酣歌尽时，便唱《退酒歌》：

一坢高粱打八斗，高粱头上有烧酒。
酒坏君子水坏路，神仙出不了酒的够。

意思是喝酒应有所节制，主客之间、亲朋之间不要再
互相敬酒和对歌喝酒了。

婚礼当夜的酒席，从开始到高潮到结束，在酒曲中开
始，在酒曲中收场：

芦花公鸡窗台上卧，不为喝酒是为红火。

鸡叫三声东方亮，喝了这盅就收场。

那时，酒曲出自咱老百姓的口，多会儿想听多会儿有。

一路喝过来

二十岁前，我是没有沾过酒的，不像现在的男孩子，大学毕业前，岂止是喝酒？好多事他们都做过尝试过了。我最早接触酒，是那年到县教育局工作的时候。有一天，局里派我到大山里下乡，老校长叫了乡上的书记来陪我吃饭，那是我第一次下乡，那"长脖"西凤酒很辣，我眼睛都流出了泪。但看着几位领导站着给我把酒端过来，特别是乡上书记那样热情地给我敬酒，我还是一仰脖喝下去了。那时山乡里的人可真的是淳朴厚道啊。县里下来的干部，还是个年轻娃，老校长那两个如花似玉的女儿，也在我们喝酒的窑洞里进进出出，端茶递水，还不时地向我看过来，目光灼灼。我一杯一杯把倒到我杯里的酒喝了……

山里的小学校里，就剩那两瓶"长脖"西凤了，后来我们改喝啤酒，不知道是什么时候结束的。第二天早晨起来，老校长问我，他看见半夜里我在门背后转来转去直转圈儿，不知在干什么。我使劲回忆，想起可能是这样的：那天老校长安排我和他在一孔窑里睡，待我酒稍醒一些的时候，我一定是想去看老校长的两个女儿哪里去了。可我没这么说，我说出口的是，啤酒喝多了，起来要出去解手，却又惧怕门外院子里那条凶悍的土狗。

从那以后，我开始沾上了酒，而且一喝不可收。

在县里的时候，有一回下班，单位里几个同事不回家，要去喝酒，他们只是礼节性地让了下，叫我跟他们去。待酒稍喝多的时候，不知什么话没有说对，请客那个同事直指着我喊，我们又没叫你来，你出去吧！那天我醉得不省人事回到家，妻子不能理解我。其实这些年来，只要我喝了酒，她从来都没有理解过我。我醉了骂她，她会用更恶的话语来对付我。

离开我初参加工作的地方，来到这个更大一点的城市，酒局就更多了。初到这里那年，有一天我们在大湖公园里喝酒，是公园的人请客，在公园西边湖畔的那个铁皮房子小饭馆里，从上午 11 时半开始喝，喝到下午 6 时。喝醉了，几个人都要继续喝。我们走到一家叫"夜夜红"的舞厅，又开始喝。

这几年，我把自己鼓捣成了我们这小地方的名人，徒有虚名，但每次上酒桌，我还总是被一同喝酒的人给让到主要一些的位置坐下。我没有钱，说出的话不管用，帮人办不成事，只是一介文人。但我不怨怪任何人，从内心里，我感激机关干部和各行各业我的那些读者，没有他们，我什么也不是；他们是水，我是一叶小舟。

实在不胜白酒的烈性，我要求喝点儿啤酒，在座的喝酒人，大都不同意。说土豆不算豆，酱油不算油，啤酒不算酒，我要不喝白酒，这场酒就没气氛了。只能喝白酒，每回我喝完，有人总要盯着我的杯子，看有没有残留的，只要有一点，必须要我重喝。当然凡这样要求我的那些朋友，人家自己肯定是全喝了，一滴不剩，感情深，一口闷嘛！还有好些朋友，在平时的电话里，大家都是要安慰、劝说一番的，今后一定少喝酒……喝酒实在是伤身体了……可一旦坐在酒桌上，就变得不像那个人了。轮到我的，他们一杯都不想让我少喝。有一次，我实在喝不下去了，不得不给他们写了喝酒认尿书：

　　2012 年 5 月 1 日，在煤海大酒店喝酒，因本人摇骰子技术不如人，酒量实在是差，真的实在喝不下去，我心甘情愿向 ×× 签下投降书，承认我就是小酒量，从此喝酒讲话不能大声，别人说我窝囊不能还口，必须点头承认并应一声：我是小酒量！另：还欠 ×××6 杯酒，于下次喝酒的时候先还清才可上桌。

本人：马语

2012 年 5 月 1 日

　　有一回，我和妻子到了她乡下的娘家，当地县里的朋友请喝酒，晚上回到乡下，一下烂醉如泥了。不，是不省人事，无端地用手指着妻子娘家一家人大骂一通，连同岳父岳母，大概像村妇骂街那样。我当然一无所知，这是第二天妻子的描述。为什么，这一两年，喝酒不断"出事"。

早在前些年，我曾跟家人说过一句话：我的身体是一捆燃过旺火的柴火。那时搞新闻，每个深度报道写完，必然要感冒。这几年，工作上轻松了一点，但完成了自己的几个大作品，在社会上引起了反响，还获得了全国大奖，它们是我生命的结晶。如今四十岁刚过的人，早上洗脸看一下镜子，看见的是一张五十岁的脸。人家为什么都那么能喝？而且都比我喝得多啊。

那天，从大西南回来，朋友们要为我接风，自是醉了。第二天早上，我去办公室取一个东西就走了。中午又回到办公室，同事说我南方一行晒黑了。我说是昨天喝多了。她说，今天早上，我开门进办公室，就闻到一股酒味。

人过留名那句话，在这里被我改写。

喝酒的理由

　　曾喝过这样一回酒。没有什么风，古城街道两旁老槐树上枯黄的叶子，快要落光了；阴沉的天空，一点预感没有就飘起了星星点点的雪花。

　　这雪花使办公室里的人即刻意识到冬的到来，几个同事就坐不住了，这是今年的第一场雪啊，咱们一定要庆贺、庆贺！

　　还不到下班时间，我们都已把手头的工作草草安排了，离开单位，走向酒馆。在雪花纷纷扬扬的街道上，从前到后转了几圈，都找不到有雅座包间的地方，每一个酒馆里都坐满了人。看来此时此刻北方大地那无数的办公室里许许多多的人，和我们几个的心情是一样的。

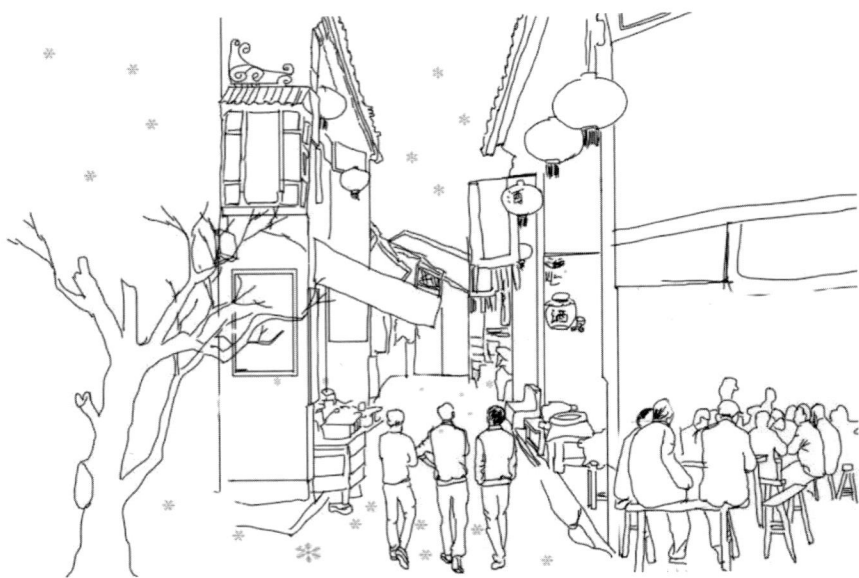

其实，这样的喝酒理由，还有很多很多。我是十年的新闻记者了，这两年却不敢下乡采访，在高原之北的这些地方，一下乡，不管你走到哪里，迎接你、等待你的，都是酒。基层机关单位的同志来陪你喝酒，你一个人，他们来一桌人，首先就是敬酒，正职敬了，副职敬，完了干事再敬。在生活中、在工作上，好多事他们相互推诿，但上了酒场，给客人敬酒，则一个都不甘"落后"。有一次仅喝敬酒，我就喝下半瓶多白酒。

敬酒的理由各有一套，五花八门。每上酒场听得最多的一句话是："李白斗酒诗百篇呢！你不喝酒回去怎么写作？"这些说者大多数人还不能完整地背出这首诗："李白斗酒诗百篇，长安市上酒家眠。天子呼来不上船，自称臣是酒中仙。"更不知道这是诗圣杜甫写的《饮中八仙歌》这首诗中的句子。其实有关酒与名人的那些不解之缘，我读过的、记下的要比他们多很多，世界文学巨匠海明威说过，"葡萄酒是世界上最文明的产物"，"能站在吧台边，就别找桌子坐下"。雷蒙德·卡佛也说过："我们所有重要的决定都是在喝酒时做出的。"梵·高："钟情苦艾，醉眼星空。"也许是酒，让他看到了不同的星空，才有了神笔一样的《星空》。酒不单与艺术相连，也常常和政治相伴，曹操"煮酒论英雄"，朱元璋"以酒试臣"，丘吉尔"不喝酒，那将会使我一无所成"。

后来，躲避回大矿区那个县办事、出差，再后来，其他地方也一样，哪怕有多重要的事，能不去就不去，就是怕酒，有四五个人就要喝掉一箱的烧酒；你越是不回去，朋友们见得越少，只要见到，必然要喝，且酒场气氛特别地热烈。

此前的好些年，中国酒风之盛行，恐怕是全世界之最，特别在党政机关这一庞大队伍中，不喝酒者可以说是少数的另类吧。在请客应酬的大军中，有不少人其实浑身都喝出了毛病。有的甚至查出了不良病的先兆，然而为了将要到来的升迁与提拔，他们放自己的身体、健康和生命于一边，决意而喝，要待到那个山花烂漫的时刻……

故乡有一位乡长，肯为群众办实事，在百姓中口碑很好，做了肠道切除手术，几年内不许喝酒，因升了副县长，又开始少量喝酒，也有不得已喝醉的时候。病犯，事业如日中天的时候，生命早早陨落。

这位老兄和我同在一个小镇上过学，工作后也常有联系，我很了解他的为人处世，绝对是智慧型的。他的命运，成了我心中的一个阴影，许多时候，我不禁就会想到他。在一份资料上看到，俄罗斯《共青团真理报》报道，近年美国和英国等大学的学者调查发现：越是聪明的人，越容易有酒瘾且酒量也越好。这项调查结果已经发表在重量级科学杂志《新科学家》上。调查时，志愿者以自己的智商水平和酒瘾大小分成五组。同时，还采访了这些志愿者的家人、朋友。经过调查发现，越是智商高的人，越经常、也更想去喝酒。

这份统计，也不得不让人深思：美国的七个男性诺贝尔文学奖得主中，有五个是酒鬼。

男人这一辈子，许多时光是和酒度过的，舍生取义者、热血男儿，不能没有女人，更不可以没有酒。有人推断，那些缩头畏尾的男人，主要是他们骨子里缺乏酒的缘故。酒与男人构成了阳刚之美！

让我没想到的是，躲在我们这个城里，同样躲不过酒。

正常的接待客人及参与婚丧嫁娶自不必说，同学来了，各地朋友来了，这个城里的那么多朋友，加上本单位同事间的往来，遇上自己心情不好，或某件很难办的事让自己给拿下了……反正喝酒的理由有千万个。

特别是每个人，大小有点高兴的事，同事们、朋友们就嚷嚷着要庆贺，自然是到酒馆大喝一番。也有不少人，遇上一点高兴的事，就是朋友们不嚷着，自己也总会叫几个关系好的人去酒馆里坐坐。

蹉跎？还是峥嵘？

岁月蹉跎，人生易老。

这句话看似是一种感慨，实则是发出奉劝，甚至是警告：好好地跑，快马加鞭，一个人一生也做不了多少事。

而我辈呢？回望来路，多少岁月消逝在酒馆里呢？

老刘是老公安，也是一位特别能饮的朋友。虽然比刘兄小了十多岁，可我一直在琢磨他这个人，在思考人生的那些时候。

这是老刘给我讲述的自己当年那看似荣耀实则颓废的生活，甚至有些不堪回首的荒唐岁月。

我的肠胃一天至少要洗一至两次，有时甚至两到三次。

所谓"洗肠胃"就是喝酒。我是一个工作狂，只要在岗，满脑子想的就是怎样干好工作。但是，八小时之外我唯一的嗜好，就是喝酒。我把它称之为"洗肠胃"。

我记得最初喝酒是一个细雨濛濛的下午，我刚到县公安局参加工作不久，临近下班我正在办公室伏案写材料，局长来到我的办公室，对我说："小刘，走，下午有个饭局，你跟我去吧……"

见局长竟然叫我去吃饭，我受宠若惊，忙放下手里的活儿，在众人羡慕的目光中跟着领导上了车。

等到了饭店，一行人坐定后，我得知请客的是一个老板，点菜后他让服务员上点正宗的酒。就这样，服务员上了茅台和法国干红……

酒菜上来后，屋里的气氛顿时活跃起来，主人纷纷向我们敬酒。一圈下来，我已有了几分醉意……两个小时过后，已是繁星满天了。这时局长摇摇晃晃站起来，走到我身旁，贴近我耳朵说："小刘，我要……放水……"

我领会了局长的意思，赶紧起来挽住他，却感到自己脚下深一脚浅一脚。后来也不知道我们两个到底谁搀扶着谁，反正到了卫生间，都颤颤巍巍地开拉链门。我还记得局长一边撒尿一边开玩笑说："你看我们当头儿的辛苦不辛苦，今天这都是第三场酒了，你想想看，八个小时喝酒，八个小时醉，还有八个小时你睡不睡？"我一想也是的，就不知道局长还有多少小时工作呢？在回去的车上，随着酒劲的不断高涨，我迷迷糊糊地睡着了……

一觉醒来是白天，我有点纳闷。原来，昨晚回到楼下，是司机将我背上楼的……我不禁恍然大悟，原来自己也喝醉了。心说下次我一定少喝酒，可惜没做到！有朋友给我做过保守估计，三十年警龄，三十年酒龄，白酒、啤酒和葡萄酒，经过我的肠胃的肯定是以吨来计算的。可谓，天天酒精洗肠胃。

作为《消逝在酒馆里的岁月》的作者，我好酒吗？我不敢面对这个问题。也许在旁人眼里我也是好饮者。不，不是也许，是肯定。也不是好饮者，简直就是一个酒徒。

可是我自己不知道，是，还是不是？

可是我实在不甘承认我是个好酒者。

我其实恨死了酒。我与赵四几乎断绝关系，就是因为一次喝酒。他曾写文章在中央媒体宣传我，几年前他邀我喝酒，也叫了几位领导，那晚我回家，上衣反穿，头都直不起来偏向一旁，口里流着涎水。为什么要喝成这样？后来又和多年的酒友王春明也快断绝了往来，在一次酒局上，不顾我坚决反对甚至生气，他还死活要给我敬酒，我喝两杯，他喝一杯，还鼓动在座的其他六七个朋友都给我敬酒，我喝了二十多杯，加上后边的打通关，那夜回去，一脚踏进家门，醉得不省人事。妻子和孩子两个人抬我都抬不到床上去，只好胡乱给我裹了一床被子，让我在地板上滚了一夜……

我直到上师范学校的时候，还没喝上酒。1987年，师范毕业的时候我不到二十岁。回学校的路上，有一个炒面馆，就一间房子，那里常常飘散出来浓烈的香味——那是肉丝炒面。从山里来的孩子，父母很少有钱给我寄来，那时我还买不起一碗素炒面，只能在路过那里的时候，闻一闻。我的脚步完全不听话，每到那里就会放慢，停下，甚至还会往前靠一点，从门缝里看见厨师正把炒好的一份炒面往大碗里倒，用一把长勺在炒瓢里叮叮咣咣敲打着，豆芽、青椒、面条、肉片，上了微黄的酱色……

有时会想不起来，我是什么时间沾染上酒这精灵或祸水的。等回到我现在工作、生活的这座小城，我已是"酒精考验"的干部了。有那么几回，我从中午吃饭开始坐下，喝，喝，一直喝到下午饭时，换了一个场子，就又开始喝，回时已是满天繁星。还有时候是不回家，去酒店开了房，接着喝，或一头栽在床上昏天黑地地睡了。第二天上午，刚醒得差不多了，中午又开始喝，一个单位到一个单位喝，一场接一场喝。

命里一尺，难求一丈，没有必要做无谓的抗争，老天爷早就为你安排好了一切，该啥样就啥样了——我不太相信这样的宿命论。但走到不惑之年的我不得不叹息，人生都能由你自己来安排吗？你说了的话有多少能算数？在人世间的洪流中，你能有几回中流击水？

峥嵘岁月里，我其实一路都是快马加鞭。为了那初心，几十年如一日奔跑；没有星期天和节假日，岁末二十九的下午下班一个人走过空荡荡的楼道，其实大年三十都是不休息的，正月初一也一样，只是比平时工作的少一些时间罢了。有那么一天终于要歇下来的时候，我一定会去写这样一本随笔集《和太阳一同起来的人》。

奔　跑

　　小时候做梦都盼着长大，渴望到山外的世界闯荡，到忽然有一天害怕日子急遽溜走，四十载春秋轮回，此时这日子更不耐用，每一天都是要精打细算的，像极了童年时老祖母讲的故事里那个土财主。

　　办公室是给发着台历的，普通的长条形那种，我没要。我自己花几十元在网上买的台历，横小 32 开本，泛黄的卡片，每页一周，一眼就可以把周一到周日的七天看得清清楚楚。主要是它的另一面，每个节气都有优美的介绍文字，这样一本台历，便让大地上那二十四节气，置于我的案头。在我自己的感觉与意识里，立春、雨水、小雪、大雪……二十四节气，一个一个都会从我这办公室里、案头走过——这就是这个要给黄土高原写史的人的岁月。

紧紧地抓着这台历上的每一天，每天走进办公室，我尽量连电话都不打。陌生电话我一般不接，主要是怕打扰写作。我不太会网上买东西，就让周围的年轻人代办，但时有差错。后来，遇到好的书，我就试着在网上亲自购买，只得填写自己的手机号码。我盯着手机上陌生的来电，接了，果然正是快递，那是必须下去取了。上午十点多，我走出办公室，下了楼，来到院子里，那清朗的太阳，那清冽的冬风，甚至是那喧闹的市声，多美啊！可不敢多享受，此时又是文思泉涌，我拿上自己心爱的书本，还是急急地回了楼里，进了写作的办公室，把门反锁了。

故乡黄土山路上融雪层下钻出的那小草叶芽，一直绿在心间。而这两年却老被秋天那叶子揪扯、占据。

波起轻摇绿，冻痕销水中。春草生的时候，我就曾想到过树木的秋叶。桃杏树抽出的芽尖，被那些手机拍摄后，发到微信上，看得更逼真；也有虚幻、朦胧、诗意的。到了五月，紫穗槐那浓密的花苞就吊了一树。

芽尖、花苞，它们传递到我大脑里的意识，一下就冒出来。秋叶——到叶黄叶落的时候，我的长卷书写过去了多少页了？

　　夏天要过去的时候，归来出去，我常常会注目小区楼下槐树、银杏的枝叶。小区树头那第一片黄叶，也许就是我最先看见的。上班的马路上，栽种着一段上千米的蓬头柳，一天几次来去，即使开车，我的目光也总是时不时打量着它们的变化：那一片一片初黄的叶子里，藏着我一年来的期冀；那半树黄叶的槐树上，寄存着我一年来的苦累、心血、故事。直到有一天，有的叶子在空中打着旋儿飘零……

　　柳色黄金嫩，梨花白雪香，是走在十里春风中。所以我知道，这是自己的一种意念：窗外那些树，枝头开始出现了黄的色彩，有的泛红。一片，两片，到星星点点。

　　一个星期天的中午回来，那棵年轻的槐树，已是半树黄叶。这些天里，开始有黄叶离开枝头，一片、两片，打着旋儿落到地上。再过一些天，无数的黄叶在风中翻飞。节令到了立冬，小区、街道上那些桃李、槐树、银杏，落得光秃秃的了，公园、街角、马路边，到处铺满落叶，于

风中翻卷、飘飞……

一年里来来去去的大道上，蓬头柳的叶子还没落完，但已是色泽全失，暗褐卷褶。在我一年来去的时光之中，这一行蓬头柳的四季似乎刚刚过去，青浅黄绿、灰绿间葱、苍翠凝碧，每次经过，柳的"舞女"都是那样的让我赏心悦目。薄薄的晨光里的一行"舞女"，无风时若处子，风中又是那般华美浓艳。一年里，阳光的深浅不同，它们的色泽与舞姿迥然相异，一切仍历历在目……

不用说，是在期盼着下一季的落叶。那时，我已又牛马般劳作了一年，我的梦想会结成一树果实。

我的时光就是这样走过的。

可是，好多时候却被酒给拖累了。

每天晚上，坐到酒桌上，我们简直就是一群贪玩的孩子，忘了回家的时间，忘记了周围可能出没的狼呀、熊呀或洪水涌来、山石塌下来。与我一块喝酒的，都是很好的朋友，个个豪情万丈。第二天早上，我却浑身酒气，四肢乏力，头脑麻木，一上午什么事也做不成，比病了可能还要严重。

天亮的时候，阳台上总会有一些吱吱、喳喳的鸣叫，那是麻雀。这些年，我就是在这些"晨曲"里，翻一翻身子，然后穿衣，出了门，向我的创作室走去，也向风雨中的生活走去。身体若新生，走路的脚步是那样有信心！这都是头天夜里没喝酒的那些早上。每到这个时候，我自然会悔恨以前喝酒，是多么糟蹋身体，误了多少良辰美景。

外地的朋友们，只是从文字里读到了我。如果让他们从远方看过来，那他们看到的就是这样的：塞外的这个中小城市里，南塔北台，六楼骑街，步行街穿过四合院的那些小胡同，车如洪流的新建路，宽阔笔直的开发大道，在这条条大街或小巷中，阳光清和，也可能是下着雨，或飘着雪花，一个背有些驼（过早地被岁月给压弯），个子不高（与我十来岁就挑起的我家那两只箩筐有关），衣服总也不太合身的青年，手里拎着一个手提袋（一般是用来装随时要翻看的书籍和正在修改的稿子），猫着腰，疾疾往前走……

平时，我是一个特别惧怕门卫的人，那是些再没有任何事情，唯有管人从这个大门里进出一件事，毫不在乎时间的人。我亲眼看见一只小狗就那样大摇大摆随便进去了，我却被一脸冷漠地挡在铁闸门外。

有限的时间，是用来找到我要找的人，谈事和解决某个问题的。但门房的人绝不会去体察我的这种心情，无论何时，时间早还是晚，他们都是一样的一副面孔，不急不慌，要我打电话，填单子。按理说，完善这一手续，过这个关，也就是那么几分钟。可我却常常不能心平气和，好像它要误我多长的时间。每看见门房，我遂生逆反心理，许多时候像小偷一样溜进去，一旦被发现，就强行进入。不用他们给我讲道理、解释，我很知道他们的难处，可我就是不能接受。纠缠不清，每每到性急时，真想和那些人动手。一次是在公检法的一个单位，我好说歹说，那个一只眼有点斜视的门卫，就是不让上楼。我一副愤怒的样子，骂出了不文明的话，强行推开他，他又追着不放，直至撵到领导门前，看见此单位领导热情迎接我，才悻悻地走下去了。

现在回想起来，真觉对不住那个一只眼有点斜视的门卫。我是什么人？我有什么资格这样？反过来说，我也不是故意的啊，我绝不是觉得自己有多了不起，想玩特权，的确是多年来对时间的吝惜养成的这种积习。

面对那些悠闲的人，我常常是想几句就急急地说清楚，想两句就敲在钟耳子^①上，所以语速快，声调自然也会高一些分贝。特别是对我的家人，更是直截了当，什么事上都想一语中的，一针见血。妻子多年都不能理解，似乎一直愤怒着，骂我为什么对自己的孩子，每次说话就那样，感觉那么恨？我顾不得多与她辩解，不想费脑筋，想起什么随口就骂几句——只在心里想着这一句：糊脑子^②，我是孩子的敌人吗？因为我知道，在这一点上，她永远也理解不了我，不能明白我，多少解释都是白费。

这里需另外说明的是，对领导和我正要求人家办事时，我就不敢那样了。我得和气，打电话前就把客气的话、美言的语，都想好了，甚至是那些巴结的、讨好的话语。

可有的时候，我放慢了脚步，那是我在打电话。熟悉

---

① 钟耳子，寺院大铁钟边沿处帽耳朵一样的部位，敲在那里声音最宏亮。指说话一下就说在点子上。
② 糊脑子，指糊涂人。

我的人，都知道我是一个特别注重行路安全的人。不仅为自己，望着街道上那些飞驰的车辆，更是为更多的百姓无限担忧。

我知道边走路边打电话不好，但这时我变得不是我，我的生活中，有许多时光是从这里过去的，边走路，边打电话。在上下班途中，在去某个单位办事的路上，我要用这些空隙，通过电话，解决好多问题。移动通信发展到今天，资费比过去降低了很多，但我的手机每月还要花费几百元，算一算，要打多少个电话?

我日日回家的这条街道，明明是设置了车行道、人行道，还有隔离带，还是一条单行道。可是，那阵势，公交车是划了专行道的，而一些"特权车"，特别是一些摩托车，从公交车道上出来，一路逆行，有时也横冲直撞。

人行道上停的是车，行的也是车。人在许多时候许多地段，不得不在仅有尺许间的车林里穿行。打着电话走路的我，遇着那些开着车走在人行道上，也打着手机似走不走的司机开着的车，怒火直蹿，真想上去给踹两脚，可是许多次我不敢，我不知道对方的脾气和德行，遇不对，就会招致一顿暴打。没有任何前嫌，陌路相逢，互不相让，大打出手，致残致命多的是例子。一个手无缚鸡之力的文人，他能怎样呢？

我的夜里，从来不写作、读书。一写就睡不着，失眠。我怕把自己弄成个不正常的人。我一直在想着这句话：对于一个写作者，这无异于贝多芬失去耳朵。所有的事都在白天里，奔忙一整天，晚上又没事，就到酒馆里放松，没想过，影响的不仅仅是当晚。夜里不写作读书的我，好多次早晨也写不成东西，在精力不集中、神情不佳的时候，我一点都动不了笔。

是的，我们每个人的生命都有可能受到威胁，随时随地。上路有马路杀手，看病有庸医或伪劣药品，回家上下楼道，要前后扫视顾盼一番，夜里即使你反锁了防盗门，小偷有切割机对付你的防盗窗。防卫生命那根弦时时处处紧绷，也许就是每天晚上这酒，可以让那紧绷的神经暂时放松一阵子。

领导讲话

有那么好多年，我们这地方酒桌上的喝酒，实际上是一种赌，这种赌，赌的是酒。我不会耍赌，却深深地迷上了喝酒的赌，不信赢不了人家，结果却常常是伤人一千，自损八百，每玩一把赢了人家十来杯，我自己也得代喝三两杯。

赌具就是打麻将用的骰子。一人拿一把骰，三颗骰，用特制的塑料壳扣着，有"成骰压点"或"只比大小点"，有"十八硬"，有"打麻将"，还有用扑克牌"诈金花"、"捉老麻"，输赢赌多少酒，则都可以在一开始由人定。

从 20 世纪 90 年代开始有了这喝酒的赌具，到现在创出了多少种玩法，一时是说不清的，反正人人都是参与发明创造者。问问事业上，有多少创新呢？相信我们大家都心知肚明。而在这喝酒的玩骰子、扑克上，总是不断创新，骰子一颗到两颗到三颗直至六颗，扑克的花样那就说不清了。每一种赌法，里面的玄机与智慧之大，一时又怎么能说清？但我们这里的人大多样样精通。

最通用的一种赌法叫吹牛，是我们这里于当下现实生活中"提炼"出来的一种新玩法。两个人一人拿一把（三颗）骰子摇，里面的红点一，可以算任何数，且吹到七以下，这个红点一，一个算二，若吹到了七以上，一个就可以算四个。你吹了三个什么的话，对方就得吹比这三个更大的数，上四或更大的都行。比如你先吹三个六，对方至少要吹四个以上的什么数，你不打开，再吹到七个以上的什么数，比如七个六，对方不信有，打开了，如两个人的骰子上面的六点加起来够七个六，算你赢了，不够你就输了。自己手中有几个，再猜对方手里有几个，可以根据情况实际吹，但更多的时候可以完全瞎吹，自己一个某点数都没有，可以吹多个。可以实吹，也可以虚吹，虚虚实实，真真假假，无法捉摸。一般是虚的多，如自己一个某数字都不拿，就可以喊到多个。实话实说，却不一定能赢，玩虚的胡吹，赢的机会还大。很快人们又把这种"吹牛"玩法改叫"领导讲话"。上了酒桌，谁的角色重要，在主要位置坐着，大家就让谁先开始打通关。这时候人们就会说："领导，你先开始讲话吧。"

有的地方还"发明"出了"一拖三"，这种赌法的输赢大，只摇一把，算三把数，一把按"领导讲话"算，一把按"诈金花"算，一把按"上面红点找差价"算。如果一个数字顶一杯酒，这样的一把就有可能输赢十几二十杯酒。一桌坐四五个人，要是用这样的赌法，一个人打下一个通关来，就得一瓶白酒。这样的赌法，我也曾参与过多次。当然，这样的玩法在我们这里也早成老皇历了，就像现在很少看到酒桌上有人划拳。这几年开始，酒桌上多用扑克牌玩着喝，各类玩法、也是赌法"开发"得很快，五花八门，不过基调还是离不了"领导讲话"，没有一个人会去完全真实地赌自己手里的牌，真真假假、虚虚实实，特别那些酒量大者、聪明人，玩的时候多带诈或吹牛。好多人，每天下班后，就用这样的赌法，坐在饭馆酒店一瓶一瓶喝着酒。

每天下午，这座城市，大大小小的饭馆酒店里，多少人多少的"领导"在"讲话"？

改革开放的号角声中，神州大地大兴土木，到了世纪之交，很多高楼大厦之上竖起酒店、宾馆的巨幅牌匾。我曾用"雨后春笋"这个词表达国土上酒店之多，现在回过头去看，这个词依然是十分准确的。

一座座摩天大厦，何以在大地上挺立？

市场经济的大潮涌来，商场成了战场。拉订单，包工程，催款要账，几乎所有的"战斗"都是在酒桌上打响的，许多"战斗"胜败竟然就取决于酒力强弱。开始靠谈，边喝边谈，喝着喝着就靠酒了；不服喝不倒对方，更觉得可交可靠——感情铁喝出血。从城市到乡村，大大小小的老板们，几乎成天成年辗转于酒场之间，有时从早喝到晚，有时连着喝几天，不惜"醉卧疆场"，有的人兜里装着大把的药。

这样的酒风蔓延至社会各个角落。能喝酒的人，声大嗓门高，果断有魄力，似乎有酒量垫底，就没有拿不下的困难，特别是这样的同志：忠实、可靠，哪位领导不愿意用有"能力"的人呢？

我们村的老王，当年我在小镇上读初中的时候，他在乡政府大灶上做饭，后来转成了正式干部，再后来还提了副乡长，人们不叫他王乡长，而统一叫他老王，这是一种尊称。别看老王只是一名副乡长，乡里甚至到县城，几乎没有他办不了的事。不论哪一任书记、乡长来了，老王都能成为他们的心腹，每有酒局他们必然要带着老王，有什么事交给他去办放心。从一个放羊猴小子混到乡政府里做饭，一朝转成了国家正式干部，还当上了副乡长，且一直是乡政府的"红人"，那时老王不单是我们村祖孙几代人教育孩子的范本，也成了全乡人羡慕、巴结的英雄。

年年月月，面对县里来乡上的一拨儿又一拨儿客人，老王既是乡政府领导角色——酒桌上客人都能看出来书记、乡长对他的器重，又担当着接待客人的主角。有时一天要应付三五场，客人走时，他还说话自如，以礼相送，甚至还要把客人搀扶到车上。但客人一走，老王就头重脚轻了，说话也开始前言不搭后语。

有时为了项目，为了资金，什么都能做，不要说喝两杯酒了。我的朋友白玉兰，以前是我们县里的副县长，曾经有一次，为了项目，在酒桌上，白玉兰当着其他县领导的面，先喝了两碗酒，再加上后边的酒，她那天当众出了丑，被送到县医院，抢救了两天，这一事件传得满城风雨。项目如期落地，副县长却差点喝死。

曾经大大小小的老板与各机关单位干部，确实让大大小小的酒店热闹非凡。

那些时候，时代的中坚似乎只是两部分人，其他的群体几乎被忽略。一部分人搞经济，办企业；还有一部分人，搞政治，谋当官，即便是在医院、高校这样的地方，大部分人拼命奋斗的目标还是当官。正是这两部分人，支撑起了那一座座摩天酒店。

女人与酒

女人与酒，我有一个很深的记忆是年少时影片中看到的那些情景，那些二姨太三姨太四姨太们，与老财主、坏军官在一块喝酒，嗲声妖气、扭头摆臀，或躺在那些坏蛋的怀里，把酒杯递到坏人的嘴上，也有坏人把酒灌入她们口中……

《红楼梦》中的女人这样喝酒：

小姐丫头全都喝起酒来，黛玉这样的柔弱美人，也有"晚来天欲雪，能饮一杯无"的情调，史湘云却是"斗酒十千恣欢谑"。史姑娘不爱行令，嫌那样太斯文。宝玉和宝琴做寿，群芳行令，"湘云等不得，早和宝玉'三''五'乱叫，划起拳来。"这金陵十二钗之一的史姑娘喝起酒来，放怀畅饮，以至"吃醉了图凉快，在山后头一块青板石凳上睡着了"。众人去看时，只见湘云卧于山石旁的石凳之上，已香梦沉酣，芍药花落了一身，身首衣襟上全是红香散乱，扇子也掉在地上，半被落花埋了，一群蜂蝶闹哄哄地围着她。众姑娘看了，又是爱，又是笑，忙上来推唤挽扶。湘云嘴里犹作醉语："泉香而酒洌，玉碗盛来琥珀光，直饮到梅梢月上，醉扶归，却为宜会亲友。"

关于女人与酒，有这样三句总结性的话语：一般的女人不喝酒，女人不喝一般的酒，喝酒的女人不一般。我对"女人不喝一般的酒"这句话有另外的一种理解：她们一样给大家敬酒，一样跟着打通关，只是输多了酒需要英雄出手相救。酒桌上有女子，气氛必然活跃。坦荡地说，我就是爱与女子喝酒的一个人。不过我是这样想的，一个女子敢喝，一个大老爷们儿还怕什么酒？这时候，有人就看见我的酒喝得痛快。怀着这样的心理，就更容易上她们的当。一次与一位女士在蒙古包喝酒，两人都醉了，相比来说我更醉。一觉醒来，才发现只剩我一个人在蒙古包的炕上睡着。

在酒场上，要有女人，特别是那种年轻面容姣好又能喝两杯的女人，会把酒场的气氛燃得更旺，几个男人是烈酒，女人是一把火。在喝酒过程中，领导们多是把自己输的酒，给别人端出去，但要是坐在他身旁的女子输了酒，只要那双红酥手给他端过来，没等人再劝，就慷慨笑纳，仰脖一饮而尽。当年那个男女在一个山头上锄地的故事依然保持着鲜活的生命力，在这酒桌上，不只得到了完好的印证，而是发挥得更好！

妻子怕我出去喝酒喝死，怕我出去请人喝酒花钱，更不愿意我和女人喝酒。

晚上不回家吃饭的时候，我都是提前给妻子打电话，等到外面坐下的时候，她还是把电话打过来了。特别是每次酒桌上一有女人，她偏偏就把电话打过来了；我又不能指令人家不能出声说话。我越不敢接，她越疑心，越不停地使劲打……在座的女士，有熟人、有同事，也有桌上一块儿喝酒的其他朋友带来的，我能有什么问题呢？可我却在这个时候，不敢接电话。在我们的生活里，有多少物事不能按它的真相出现呢？

如今，在我们这里，女人能饮者很多。女人们多是开始先不喝，不管你费多少口舌劝说。如果一旦喝上十来杯，她们的头脑也就开始发热，那白皙的脸庞因酒而艳若桃花，那明眸下，更泛着无限春波。

《红楼梦》中人们是这样评价史湘云的：心直口快，开朗豪爽，就是爱淘气，甚至在酒醉后，躺在大青石上睡大觉，说话"咬舌"，把"二哥哥"唤作"爱哥哥"。而在我们这地方的现实生活中，人们是这样评论喝酒的女人的：喝酒的女人有些特别，喝酒透露着女人的真性情：往往酒到杯干，来者不拒的女人，豪放！个性热辣，是极好的红颜知己，但很难成为一个好妻子；别人频频相劝，就是滴酒不沾的女人，标准淑女；喝得不多，却爱装醉的女人，聪明，自我控制力极好，而且做事讲究手段，目的性很强；不该醉时偏醉的女人，太容易动感情，是那种爱起来天翻地覆，闹起来鸡飞狗跳的女人；在得意时猛喝酒的女人，外冷内热，个性及情感一如沉默的火山，不发则已，一发惊人！

酒坏君子水坏路

那天，就为了庆祝北方的天空下起了当年的第一场雪，我们五个人喝了四瓶半烧酒。人家要关门了，我们才从酒店出来。

这时候没走几步，我就一脚滑开，没能站住，浑身都沾了雪，这如鹅绒被般的大地，没有摔疼我，摔疼的是我的心。我从雪地上爬起来，仰望茫茫雪天，在心中一遍遍问自己，我为什么要喝酒？我为什么要把自己喝到这种模样？

几个人都醉了，几个行为怪异、没有了正常思维的人，此时一个要送一个回家，另一个不让送，另外两个抓着一个。步行街上车辆很少，路灯发出格外温柔的光，雪片儿在它们的照射下纷纷扬扬落下来，此时的街道上已不见过往行人，这伙摇摇晃晃的醉汉，在橘黄的路灯照射下，跌跌撞撞，拉扯了大概有半个多小时，谁也拿谁没办法，就各自摇晃着往家走了……

过去的那些年，在我们这个城市的街道上，不论是哪个季节，你都能碰见那些醉卧街头的"英雄""好汉"。人们都习惯了，没有人惊呼，也不会围上去一圈人。一次在钟楼巷，碰见两个醉汉打架，引得路人驻足观看，一个往另一个脸上打一拳，另一个反过来把这个踢一脚。两个人又扭在一起，一个要摔倒另一个，费了好大劲摔倒了，一个却又往起拉一个，还给拍打身上沾上的泥灰和一块狗屎。这是打架吗？说不是，一个眼圈血红，一个一拳上去把另一个的鼻子打得出血了。说他们是一对憨汉，也不像。真不知他们的家人何时才能找到他们？还是在这钟楼巷十字路边，一男子用肩膀，将一辆高档小轿车扛住，那小车只好停下来，司机站着不敢动，男子说他会武功，直到警察过来，才将其拉开，原来是个醉汉。

我们单位的小王，人年轻、勤奋，又不多说话。只是一喝了酒，就像完全换成了另外一个人。只要他醉了，办公室所有的人都不得安宁，他挨个儿往过"操练"，人们都知道了他的这一面，所有人都躲着他。一名领导硬要劝小王回家，他可能误听成单位要打发他，开除他，当时就把这位领导办公室给砸了。从此，小王很少喝酒了。但不是说他从此就不沾酒这个魔鬼了，那是去年元旦前一日，单位集体会餐，他又把握不住自己，喝醉了。回到单位又挨个过去敲办公室的门，走到五楼路过会议室，看见里面有人，进来就把话筒一把夺去，坐下说开了："开……开……的什么会……啊？我……我也不知道……你们就开会了啊？球的毛病……我宣布从现在开始，从头开始……再来……"幸亏那天我们单位的一把手不在，没来开会。唉，这实在是应验了那句民谚：人是好人，酒是坏孙。

还有我们单位的晨阳，他是北京名牌大学毕业的高材生，年龄和我一样不到四十岁，就升到了副处，是个极注重个人形象的领导。他分管我们科室，一般情况下我们都在一起，出席饭局，有我，他一般是不往醉里喝的。只是晨阳的饭局太多，总有过不去而喝醉的时候。醉后有人请他去歌厅，他也都顺从了。真是古人说的：酒坏君子水坏路啊。

　　这当然都是写的过去一些年的事了。

喝感情的时候

有些酒只是应付——那杯里盛着的只是一杯透明的、辛辣的液体。

在这个城市，那些接待应酬的酒，婚礼亲事的酒，没有人会真喝。从官员到商人，从大领导到大老板，几乎所有人都不爱喝场面上的属于应酬的这类酒，多是端起杯子，做做样子。或被逼喝起十来杯用红盘子端上来的酒。

有些酒不喝不行。

为了躲避酒，我连县里都不敢去，即使是我老家所在的县，那里更危险。哪怕有多重要的事，能不回去就不回去。就是因为怕喝酒，那里坐四五个人就要喝掉一箱的老白干。那天下午到县里，县里很有头脸的人过来敬酒，来去几拨儿人，光敬酒就喝了不少，是怎样从酒店二楼上到十楼，倒在床上睡了，我全没有记忆。第二天起来，感觉眉骨那里不对，一看划了一道小口子，问陪我的人，才知我从床上滚下去，在床头柜角上划了一下，要是再往下划一点，划在眼睛上呢？头天下午到达，我只有喝酒的份了，第二天，才能真正开始办事，因为求人办事，所以大中午就开始喝酒，喝完酒回去，一下午都没有醒过来。六七点，叫了两个朋友来，他们领着我出去吃饭，我的大脑还不清醒，连眼睛都麻糊，难受得坐不住，饭吃了一半，就跑回酒店，大睡。朋友很是遗憾，他们本是在饭后另有安排的。

从大矿区一回来，就住进了医院，医生检测我的尿液，化验结果出来，我的尿液所含酒精度比啤酒还高。

恰恰是因为，越躲着，越是好久后，常常是几年后，只要一见，哥们儿必然是要喝的。

有些酒非喝不行。

前面写到，那天和国民喝大后，还没尽兴，又从东城区跑到西城区。

我在好多作品里写到石洞沟这个地方，那是十九岁我初参加工作的地方。离开石洞沟，到了县城，在一所小学校里弄到一间砖木小屋，一旁的山脊塌掉不少，还紧临着厕所。我非常渴望能住进学校后边的砖窑洞里，多次骑着车子，夜里来到那个特别看重人才的小学校长家，向他求情，给他保证，今后若有所成功，一定滴水之恩当以涌泉相报。希望终没有，学校里其他住校的教师们对我几乎是"群起而攻之"，我只是一个外地来的小青年啊。最后我搬进新建的教学楼背后一间阴暗的小房子，冬天烧不上火，四季照不上一线阳光。

无法记清次数了，苦闷无望的我，坐在教学楼前水泥台上或花园墙边读书。校园西墙边有一棵老槐树，虬曲的树干有一搂粗，高大浓郁的树冠有半个篮球场那么大。从初春枯黑的枝杈间的幼芽，到春深时那无数的小白花，到炎炎烈日下那浓绿的树冠，到每年秋风一起时那一片片飘零的黄叶。晨昏昼夕，风霜雨雪，那五六年里的许多时候，我一个人站在教学楼前水泥平台上，花园墙边。读我的书，也读老槐树。

在我的一本小说的后记里，我曾引用了那时热播的电视剧《上海一家人》的主题歌：要生存，先把泪擦干，走过去，前面是个天……我不想让妻子和孩子因为我而伤心，什么也不让他们知道，把工资全交给了他们，然后又动之以情，骗出一点点来，去书店买书。

1995年我出版第一本小说，抄稿时的10本稿纸还是在居所巷口那个小卖部赊的，至今我还记得向小卖部里那个干瘦的老头百般说好话的情景。有好几年我一个人钻在高楼背后那间永远见不到阳光的老屋子里，书也要读，作品也要写，交叉进行。写累了就放下笔读书，读出一个个黄风满天的春，写出一个个雪花在檐前簌簌飘落的冬……

偶然的一次机遇，见到了来这个县城出差的国民，那时他是报社印刷厂里管业务的，而非在编辑部。他却是热情地接过了我的稿子，回去后又想办法找人，将我的稿子转到了编辑部。意想不到的是，我的那篇处女作《童年的榆钱儿》，在报纸上发表出来了。

后来我因工作调回榆溪这座城市，可我们见面的机会却很少。一旦碰见，肯定少不了喝一场，每回一喝就喝成那样了。

　　有些同学，有些战友，偶遇也得大喝。每次回老家的县城，都想见见王峰、白堂二位老兄，也就少不了喝一场。初中三年我们同班上课，还住在一个宿舍里。大通铺，十多个人，我学得好，但个头小，免不了遭受那些二流子学生的欺侮。常常是王峰或白堂出来护着我，王峰是和我一同从山上下来的孩子，我们两个村隔一条大石沟，白堂是敬佩我的学习才成了好朋友的。都是二十多年前的事了，今朝事业上有了收获，我从小地方走向文坛，不时有作品在京城的大刊上推出，然而也几乎拼掉了半条命，黄土和青草已掩至半身腰。回首往事，更感珍贵。我们几个喝酒，同样用扑克、骰子玩着喝，也同样想把对方赢了。所不同的是，只要谁输下酒，大家抢着代喝。酒场子情感、气氛热烈如燃。

　　人生路途上，到处埋伏着陷阱，布满着荆棘，若没人帮扶、搭救，单枪匹马是很难挺过去的。一路上遇到好多恩人，他们或无私奉献，或路见不平，或惜才爱才，或惺惺相惜，有的甚至未曾见面，有那样的搀扶与相救，你才有可能长途跋涉行至终点，修得正果。

最怕和那些曾喝过酒、几年没见面而相互间又有着不一般交情的老朋友一块喝酒。一路前行，冷暖不顾；一路走来，冬夏不觉。忽一日，碰见老友，大家收成都还不错，或喜不自胜，或感慨万千，或把酒话桑麻，或举杯畅饮之。

这个时候的喝酒，基本上没遮没拦。这时的酒，就是喝感情！

请客之难

好多的人，岁月消逝在酒馆。

然而这个年代请客之难也是大家共知的。大家都会这样认为：能来赴你的酒局，就是给你面子。比如说解决某个问题，求人办点事，只要请到人，只要能坐在酒桌上，一切就都有可能。此时，没有什么能代替得了酒的媒介作用。

反过来说，现在这酒也喝不起了。身体的代价、生命的代价、要给人办事的代价；拿人的手短，吃人的嘴软，老祖先这话始终是对的。

酒局，是有阶层有圈子之分的。有身份地位的人，不是谁都可以请到喝酒的，也不是随时都能请到的。

一请就答应，或一请就到，首先可以说明你的场子不多，或没有。更重要的是，一请就到，次数多了，请客者慢慢就把你看穿了，不把你当回事了，对你也就随随便便了，再往后逐渐就不会请你了。

以前听过这样的笑话，说某君的电话来了，有人请他喝酒，此君本是没事，可以去赴宴。可是他在电话里却连连跟对方说，他多忙多忙，怕是不一定能去得了。或干脆说，两天前人家就请下了，再跟上一连串的不好意思、抱歉。说来说去，最后还是去了。又过了一些年，我才觉得那也不仅仅是个笑话。酒场上，我算得上身负"重伤"的人了，后来再也不敢去大场子喝酒。（大场子一是指正规、隆重的场合；二是指不敢去政府找人喝酒了，从处级到科级，那里的朋友太多，只要你喝，今天张三请，明天王五邀，后天李六回请，轮流转着天天有场子。）下班没事的时候，我就主动约人喝两杯，那些酒量不太大的，我最熟知的，也是我有恩于他们的，找个小地方，三个人谈天说地，小酌，红火一场子。我实在是不敢去大场子，而绝不是没场子，每次坐下，我还要给他们解释一遍，我怕他们以为我混背了，没人请，一次次只能找他们喝酒。事实果然如此，时间一久，他们就太随便了。常常还是我请他俩，更不要说让他们请了。再后来，我就没办法打电话请他们喝酒了。

我辈是这样，那有职务的人，肯定是更注意这样的问题了，真要混到这地步，那就确实不只是尴尬的问题了。不管它是什么逻辑，实际的情形是：请不动为贵——正像在酒局上，姗姗来迟的都不是一般的角儿。

不排除有时候，酒局是圈套，是陷阱。这似乎会让人觉得不可理喻，实则鸿门宴在我们的生活中还是有的。又有谁不怕被人放倒？

那天我去老杨单位，下午快到下班时间了，他便留我小喝两杯，到了饭店门口，我把他放下让他先找地方，我把车送回去。这一去一来就是一个小时，在我快返回来时，他的电话已一个接一个打来，我进得小馆子的包间，他独对一桌菜和几只空瓶，十分生气地对我说："你再不来，我一个人喝完就走了。"原本请下的几个人一个也没来，他几乎是怒骂，再也不做请客这种事。老杨哪里知道其他人的难。一个星期天的下午，一位局长请我小聚，电话里让

我把另外一朋友叫上，那朋友却还在外地。局长开车过来找我时，就我们两个人，半路上他不停地思谋着再叫谁呢？打了两个电话人又都不在，最后只有我们两个人对饮。

　　请客确实成了让人头疼的事。

夜半，狗吠狼嗥

　　那时，我的家在这座城市繁华闹市区临街的楼上，每日市声的喧嚣那就不用说了。还有这样一些声音，也是我无法阻挡的。

　　当然那几个麻灰的小家伙的鸣叫，我是喜欢的。曙色微明的时候，就听见阳台外叽叽喳喳的鸟叫，我知道它们是麻雀，这些年，这些鸟叫声几乎成了我的"催醒"曲。每一天，我就是在这样的鸟鸣声里翻一翻身，就穿衣下地，关上门向风雨中的生活走去。

　　这不由让我想起，在乡下老家，为父老乡亲们报晓的雄鸡。朱元璋笔下曾这样抒写它们："鸡叫一声撅一撅，鸡叫两声撅两撅。三声唤出扶桑日，扫退残星与晓月。"

在有高楼和脚手架的地方，保准会有麻雀们的啼鸣；在有农村孩子来到城里工作的地方，肯定也会有麻雀们蹦蹦跳跳、飞飞落落的身影……我家阳台上那些麻雀，伴着我晨去晚归。

还有两种声音，我把它们叫"狗吠""狼嗥"，因为它们都在夜半发出，还刺破我的梦。

狗吠是真的。有时是一只，有时是几只，在暗淡的灯光下，对着月色或那些夜不归家的人，那样凄清地狂吠着，我知道它们是被主人抛弃无人看管的流浪狗，现在流落、游荡到了我家楼底下的街道上了。

狼嗥却是假的。不过当我听到那样的声音的时候，首先想起了文学作品里北大荒融雪天野甸上那凄厉的狼嗥，不，比那声音更恐怖。夜半，那一声粗砺的干吼或干号——将我从梦中吓醒来。我知道这是我们楼下那家"蓝月亮酒吧"里的男女又在闹事、打群架。那女声在狂叫："你给妈妈再骂一句？你给老娘再骂一句？"再听就是混乱的脚片子声^①，杀猪似的吼叫，还有啤酒瓶子在墙壁上砸碎的声音……

我翻了个身，却不能入眠。这个时候，深更半夜，有身份、有地位的人，正常思维、正常家庭的人，谁还在这街头呢？谁还在发出这样的怪叫呢？鬼哭狼号。他们该是那些底层的无业者、社会小青年、混混吧？如果说，我们要敬重普通的人、普通劳动者的话，那这些人就不该在这个时候，出现在这种地方。他们应走在勤俭持家、艰辛劳动的路上，才值得我们敬重。

一定是些不正常的家伙，要不那些路过这里的流浪狗，与他们相遇会发出那样的狂吠？狗们看不到自己的样子，只能看到对面过来的自己的同类，全身的长毛披下来，连眼睛都被覆盖着，你看不出它是什么眼神，总体是落寞凄伤的。因为泡过泥水，沾满垃圾箱上的灰土，它们的毛发粘连成一片，并且不好分辨颜色，总体是灰不溜秋，脏兮兮，不是一条腿瘸着，就是嘴唇被豁了口子。它们碰见的这些

---

① 脚片子声，指鞋底踩踏声。

家伙，摇摇晃晃、拉拉扯扯、疯疯癫癫，还发出惨叫怪叫。

啊，月色、蔷薇、玫瑰门、紫调、美丽雪、风雨彩虹……这些四处散落在街头的酒吧，一个一个多美丽的名字，多富有诗意！可它们的内里却坐着毫无高雅可谈的男女，度过着浑噩的时光。在电脑上打这些酒吧的名字的时候，敲错了一个键，冒出来这样一个词：毫无诚意。对，这酒吧里面，难道不是毫无诚意，毫无本意吗？

真是一些披着羊皮的狼。我觉得这一家酒吧的名字倒是直白、干脆：暗夜罂粟。

那天，我夜里加班到凌晨两点，走到家门不远处的楼下，"暗夜罂粟"门外有人正在打斗，两伙人在厮斗，中间混着几个女孩，女孩们那尖刺的声音，不知是哭还是笑，反正一定是喝醉了。男青年们又一次扭打在一起，有啤酒瓶在墙上砸碎，一个女孩撕裂的声音长长地划过午夜的上空……

大街上偶尔驶过一辆出租车。

从前面街道边又过来了一伙像是酒醉的青年人，领着一个女孩子。我绕到一家宾馆的玻璃门下，躲一躲，看着他们从街道上大声喧哗着走过去。他们是做什么的呢？他们从哪里来，又到哪里去？这是谁家的女孩子呢？跟着这样一群小混混，深更半夜还不回家？

酒楼林立

高楼林立，不如说酒楼林立。

还在世纪之初，我们这座城市，要用"雨后春笋"来形容某一项事物的话，当数大大小小的饭馆和酒店了。烩菜馆、羊肉馆、三鲜馆、火锅店……大街小巷到处都是小饭馆；人民大厦、北国大酒店、蜀味锦园、地上天宫、煤海国际大酒店、油田大厦……高档酒店不断建起、投资、开业。

高档酒店是我们这座城市最为瞩目的建筑，也是这座城市的标志性建筑。但小饭馆生意也一派红火景象，每到饭时，大多挤满食客。在小馆子喝酒的人们，往往是以花生豆儿带头的四五个小菜一端上来，就开喝了，骰子哗哗摇三下，开始"领导讲话"，上七酒减半，不请不代"吹牛"。打关是顺时针方向进行，挨个打关。也换玩法，如用扑克牌玩抢得喝、梦幻金花、美女缠身什么的，如果坐五六个人打过几轮关时，一般是喝空四瓶白酒，有的人可能就会支撑不住，上洗手间吐了酒，但这五六个人一般都要定"N加1"（坐几个人，就得喝几瓶白酒，最后再加一瓶）的目标。"人对事对摊场对，三瓶五瓶把咱喝不醉。"高档酒店一座一座建起来了，每家的生意却并没有受到影响，这座城市的人们，请客与接待，已完全不在乎钱多钱少，十分注重面子，去的都是煤海国际大酒店、油田大酒店这些牌子响亮的酒店。商家抓住这种心理，店名一家比一家叫得响亮，装潢一家比一家高档；一本点菜的菜谱，越做越精美，越做越大，力气小者还拿不起来。至于新推出的电子菜谱这玩意儿，好多人更是丈二和尚摸不着头脑。这样的菜谱上，一道最简单的西红柿拌白糖，美其名曰"雪山过火"，一盘菜只上两只牛蛙敢叫"生死相恋"，一碟普通的花生豆儿又换名"奉陪到底"。有的饭菜质量并不比小饭馆的好，卖价要高出许多倍，食客却爆满。就像这些老板们去外地买东西，只要贵的，而且是开口就问有没有了，还有多少，全拿来。

几十年来，老板宴请客人，下级接待上级，普遍的一个标准就是把人陪好喝好；只要对方喝高兴玩痛快，什么资金、项目，什么提拔、调动，全都好商量。领导当然也不能不尽人情，更不愿意担高高在上目中无人的骂名，于是最终被灌醉喝倒。

战争年代，毛主席说："革命不是请客吃饭。"和平年代里，在某些机关干部那里，"请客吃饭就是革命工作。"

有人还编写出了《酒的说明书》，在网上流传甚广。

原名：酒。

昵称：晕头转向口服液。

外号：走不稳。

主要治疗：办事、拉关系、无聊、兴奋、空虚、寂寞、悲伤、愤怒。

基本功效：眩晕6小时，胆量 +300%，攻击速度 −50%，力量 +20%，敏捷度 −40%，好色度 +30%，对异性表白能

力 +50%，智力 -50%，走直线能力 -80%，记忆 -80%，真心话 +70%，大冒险 +60%，马路无限变宽 +100%。

适用人群：老少皆宜。

服用说明：24 小时皆可服用，一日一次或多次、每次 1 ~ N 瓶，看到害怕为一个疗程。

副作用：哭、闹、叫、吹牛、折腾、惹事等，都为正常反应。并 100% 自动开启吹牛模式。

自从喝了这个晕头转向口服液，腰不酸了，腿不疼了，睡眠也好了，一觉睡到下午不是事儿，晕头转向口服液，大品牌，值得信赖。

这座城市的日夜

    这是多年前的"十一"国庆节，在我老家大矿区那个县城，白天的这座城市，到处都洋溢着喜庆、祥和的气氛。柳溪公园至开发新区，从南到北，各大宾馆、酒店，婚礼一场接一场地举行着，每家酒店门前都"雄壮"地挺立着一排包裹着红绸缎的大铜炮，整"弹"待发。宾馆房间爆满。一千多万元一辆的林肯车开道，它后边跟着三四十辆披挂红绸缎的奔驰、宝马、路虎。宝马、路虎们从城南起身，因为奔跑速度在这里受到严格限制，使它们看上去像一队笨熊，缓缓地爬行到了城北的一座豪华酒店。这时满城炮声隆隆，硝烟弥漫，彩屑在天空中飘散……

    夜幕降临，浮华与喧嚣的潮水随着日落从古塔山下的这个县城里退下。暮色从西山上铺过来，华灯也就顺势从西边的九龙山与东边的牧马梁射下来，从河滨路到兴华街，彩灯闪烁，霓虹炫目，掀开了都市另一幕的繁华。

与从京城来的一帮知名作家走在街头，地方上的朋友说，我们的身边随时都有可能走过几个千万富翁。大家的目光同时也被身边开过的一辆辆价值几百万元的豪车勾去。京城的朋友们说，以前只是在报纸上看到这个几省交界的能源大都的消息，现在亲自走在这座城市的街道上，到处都能感受到这块土地的英雄气息。这话我多少觉得有点嘲讽的意味。"波澜壮阔的煤田开发"与我当年进城来考小中专的那个小县城，同时映现于我脑际。窄窄的小胡同，不足千米的一条石板街道，雨水从四合院的檐头滴落在青石板上四溅，从乡下来的灰头土脸的我，走在其间。

此时此刻，我们混迹于其间的街道，老板多，名车多。

富不过三代？在这座城里，下一代的教育几乎成了一个很危急的问题。有的人对子女的要求，已降到只要将来会收账就好了；好多人把孩子送到省城、北京读书。那些拿着苹果手机，提着路易·威登名包，浑身珠光宝气的婆姨①，纷纷去往省城、北京陪读，剩下男人，家干脆就搬宾馆了。有的是在宾馆谈生意，也有不少小青年、富二代，夜里不回家，三五一伙，在宾馆里吃喝玩乐。

印象之中，我这么多年很投入地看过的电视剧就那么几部，《上海滩》是其中之一。浪奔浪流，万里滔滔江水永不休，淘尽了世间事，混作滔滔一片潮流……遇到那些唱两句的场合，首选就是那首主题曲。我意识里那是个再乱不过的"滩"，除了男女情感纠葛，电视剧里看到的大概全是警匪之间、帮派之间争权夺利的打斗、杀人、放火……

听说不久前，在一个娱乐场，一个人上洗手间没注意，痰吐在了另一人鞋子上，两人发生口角，一个喊来几个小后生，噗、噗，两把刀就插入了对方的前胸后背。小老板这样向我比画，并特别叮嘱，夜里酒后别去KTV这些地方。

---

① 婆姨，泛指已婚妇女。

曾酿不及的那些酒

高楼酒店多。

国土之上，酒厂又如何能少？

从省到市到县甚至到乡村，每一个地方都有自己的地方酒，用地方名烟名酒搞接待多年前就成了风尚。酒似乎不够喝了，酿造厂不办了。从央视上就可观其阵势，一年四季，每天的 19 点前，当你打开电视机看《新闻联播》时，扑面而来的是浓烈的酒味：古代四大发明场景，之后是转动的多角度瓶身特写；茅台、五粮液、汾酒，还有它们"分娩"的子子孙孙，酒瓶子飞旋在长城、故宫之间……

我的《酒馆》引发的全国大讨论，正合中央八项规定精神。不到一年时间，过去那样的喝酒场景难以见到。好多朋友戏说，酒厂要骂死我。

到底该怨谁呢？

我想还得怨酒自己。

身价成倍成倍抬高，品质却一年比一年下降。想过用"萝卜快了不洗泥"这话去形容，又觉问题的本质并非如此。当下，我们的隐性疾病本来就多，再喝下这些品质有问题的酒，身体甚至生命自然成问题。

老祖先留下来的"纯粮固态发酵"的酿酒工艺几乎失传。当下的白酒，都以"液态发酵"为生产方法，无须蒸煮原物料，直接加水加入酒醅，即入池发酵。这样既节省原料，又可缩短酿造时间。还有一大批是干脆用食用酒精与香料混杂所调出的"合成酒"。一个酒厂，又有多少品牌？怕是连酒厂的主要业务人员一下也背数不上来。现在的某些白酒，掺水太多，用打火机使劲点，几个人上手打火，都点不着。

我曾经去过一家酒厂，那是地方招牌酒，还在省城畅销，却怎么都看不出来大酒厂的气势，只有包装车间常在生产，其他车间都停着。上前问，厂方的人说，车间正在检修。进去一看，到处落满灰尘。

在媒体上经常能见到这家酒厂的启事："……大量收购优质红高粱……"有人反映广告上刊登的那部电话常是忙音，有知情人士透露，那部电话压根就不可能打进去。而厂里派两个人长期在通向酒厂的岔道口站着，一看到拉高粱的车，就拦下，说厂里收粮太多，一时容纳不下，一番推脱，再给司机几百元路费盘缠，打发走。难怪每次去了，他们的车间都是在检修啊。

某年春节期间，山西某农村人家举办婚礼，用了不法分子用大量工业酒精直接造的酒，造成婚礼上的二十多人当场死亡，数百人送进医院抢救。那回我到大西南采风，与茅台酒厂的负责人一起喝酒，回来的时候通过那位负责人买了一箱茅台带回来。除夕夜，给财神像下倒了一杯。第二天，全干了，一滴不剩。真有点奇怪，拿起酒瓶再试，倒的时候，真能闻到五谷之香，把瓶子不断往高提，黏性的酒浆可以拉到细若一条丝线。除夕夜里反复品尝，与我这么多年喝过的茅台口味绝然不同。特别那酒色，几乎和普通的白酒一样，只是更透明、纯净了一些。这些年在地方上的饭局上不时也能碰上茅台，都以酒色泛黄为真。

童年的时候，每到初冬，农事不多的时候，老祖母就开始酿酒。簸过的高粱倒在两只大瓷盆中浸泡，浸泡一两天后即可入锅蒸煮。每逢酿酒可比平时要费柴火多了，老祖母就打发我们去山上拾树枝，我们常常给她背一些树枝和柠条回来，砍柠条当然比捡树枝省劲多了。那么大一口铁锅，冒了气，才把锅盖封上。窑洞里全是水汽，我在灶膛口看老祖母都影影绰绰时，就要揭开锅盖，洒水、翻搅。这时候我就可以停下给灶膛烧柴火了，出了窑洞和其他孩子玩。外面的阳光是多么清和，花椒树、枣树全落光了叶子，窑面、院子、石磨在午后阳光的斜射下，全是黄白的，还有一群灰白的麻雀，一会儿飞到树上，一会儿下地来啄食，在我们中间飞飞落落。老祖母又喊我给灶膛添柴，心慌于在院子玩打石牌，我就将一把柠条添入灶口，它们烧得慢。没想刚砍回来的柠条是湿的，火苗一下起不来，可把老祖母急坏了，我自然是得挨一顿骂。等到柴火再次烧起来，我又偷着溜了。再看到时，老祖母已把热气腾腾的高粱倒在红柳编织的大筐子上，摊开晾着了。晾到一定时候，才可以放酒曲。拌酒曲的温度可是相当难掌握的，高粱温度高了酒曲容易被烫死，温度低了酒曲发挥不了作用，直接影响出酒率和酒味。之后，把拌入酒曲的高粱放入一只大口的瓷缸发酵，每隔几天老祖母就会拿根枣木棍在缸里翻搅一阵子。半月或二十多天后，把发酵好了的高粱挖出来，再放入锅中，老祖母照旧还是叫我给她烧火，湿的柠条枝烧到冒烟又冒气，噼噼啪啪直溅火星子时，大铁锅里的蒸汽就上来了，封上锅盖就可以出酒了。蒸汽通过锅盖顶上那根空心的过竿进入水池中一经冷却，就流出了酒来，像泉水那样地流下来。

新酒酿出来的时候，也就进入腊月，快到年关了。冬天夜长，上下老小都聚在老祖母的窑洞里，谝闲传①，一杆旱烟锅在大人们手上传来递去。这时候，老祖母自然也是要温一壶高粱酒的，灶膛口那只小铁锅上，冒着热气，那只白瓷的小酒壶在水中嗒嗒地跳动着……遇灶膛的火熄灭

---

① 谝闲传，指聊天。

了的时候，就在一只粗瓷碗里倒少许酒，用一根火柴点燃，把酒壶放入以温热。那蓝色的火焰，至今想起还在我脑海那样升腾着……

美味？还是病肉？

　　各式小区大门不远处，街道边上，树荫之下，摆下十张八张或更多一些白色塑料小圆桌、塑料的椅子，烧烤炉子就架在一间或两间房子的店门一侧，自己拉两根灯线挂上灯泡，或直接就着街道边的路灯，夜市多为这样。

　　即使是这样，夜市对所有人也都是有诱惑力的！即使是到了外地，也总要去那些夜市上坐坐，喝上几杯生啤。

　　在我生活了二十多年的这座城市，到夜市上小酌，次数那是数不清的。以前的时候，是大喝，在酒店里喝完，还要开赴夜市，有时候能喝到凌晨一两点。后来是不敢了，不胜酒力是其一，还有一个重要原因，实在是不敢吃有些夜市上的烤肉串了。

劳累一天，灯火里，坐小桌前，吹着清凉的夜风，就着烤串，喝上几杯生啤。隐于这繁闹的夜市，大家都是市井百姓，一样的欢乐。

　　或约几个朋友来到夜市，发扑克牌喝几瓶酒，灯火闪烁，喝酒撸串，人头攒动，潮声喧闹……最让人羡慕的是，看到那烧烤师傅，摆弄着烧烤架上的羊肉串，一得空儿，啃两口烤肉串，提起旁边的啤酒瓶灌几口啤酒。

　　实在是敌不过那份诱惑，所以看到宣传的烧烤致癌，也只是不当一回事。最多的是害怕吃到假冒的烤肉串，无论店主是怎样解释和保证，这么多年光顾了多少的夜市摊，从来没有百分之百放心地吃过。

　　啤酒、撸串，那么多的夜市上，还有那么多的餐馆酒店里，除了珍稀野生动物，成群成群被我们吃掉的还是来自故土乡下父老乡亲们喂养的那些家禽家畜。

　　我的一位五爷，一辈子没有离开村庄，在故乡的黄土山梁上放了一辈子的羊。在农民工进城之前，村庄四面的山坡沟洼全是庄稼，五爷的羊群整队出村，在头羊的带领下，一路奔到那些实在不能开垦种庄稼的石坡石岔和高陡

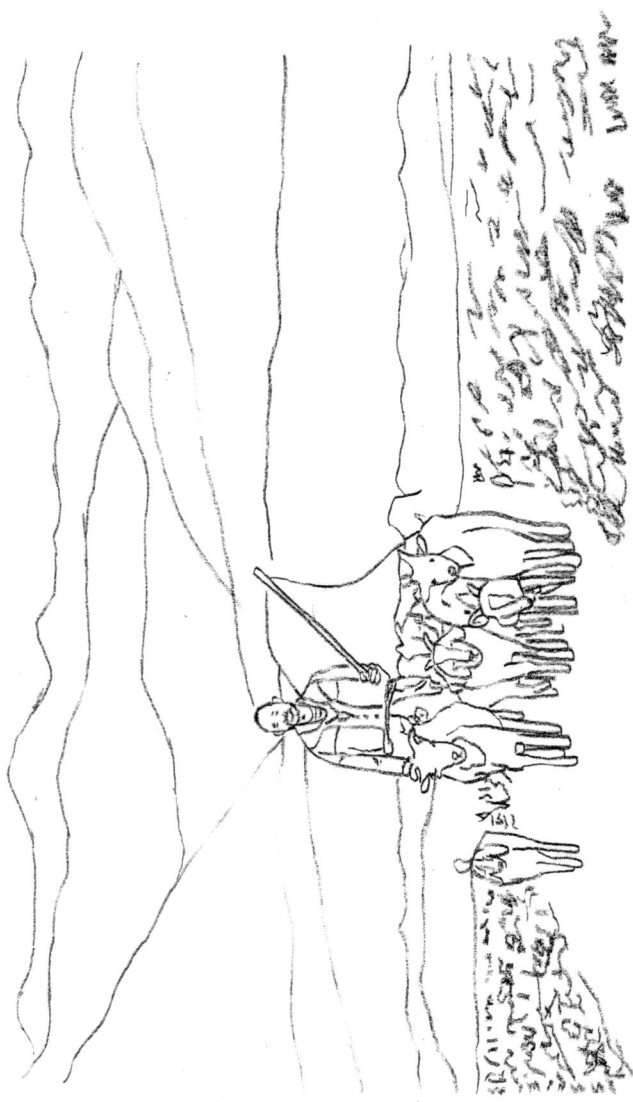

的黄土高坡，才散了队，像云朵一样洒在黄土高坡上。羊们大都有自己的名字，挑崖角、大拧角、大花、二白、黑子、黑眼圈、秃脑、狐子……挑崖角完全能在五爷的一举一动、一吆一喝中准确无误地领会其想法，按照主人发出的每一个信息来引领整个羊群。五爷骂羊就像骂人，从爹娘姊妹到祖宗八辈。寂寞的时候，五爷也唱信天游，这是陕北高原上的一种小曲：一个在那山上（呦）一个在（呀）沟，咱拉不上（那）话话（哎呀）招一招（呦）手。瞭见那村村（呦）瞭不见（呀）人，我泪（格）蛋蛋抛在（哎呀）沙蒿蒿林……曲是唱给邻村一个婆姨的，那婆姨的男人在农村政策活络时，就像王满银（《平凡的世界》里的人物）一样到外面逛世界、刮野鬼①去了，至今没有下落。

五爷的歌声再辽远那婆姨也未必能听得见，只有脚下这群老伙计永远是他最忠实的听众。还有那旷远的山梁，蓝色的沟谷，是五爷永远的舞台。五爷练就了一副好嗓子，是远近闻名的农民歌手，特别那首《东方红》，黄河岸边，

_____

① 刮野鬼，指在外浪荡的人。

辽远的山峦之上，太阳升上来一竿子高，五爷一声唱出去：东方就一个红啊，太阳就一个升……

到 20 世纪末，村里人大多外出打工，大部分的田地荒芜了。故乡到处都是草木的世界，花鸟的世界。山梁河沟，石坡石岔，直到人家的屋门院畔，到处都是淹没至人的半腿深的青草，就连道路都被荒草淹没。这时国家开始了封山禁牧，一辈子赶着羊群在故土山河游弋的五爷，无法接受这样的现实，不断"顶风"放羊，为此还被拉到乡政府关了几天。从乡政府回来五爷不得不开始和乡干部"打游击"，风雨天，羊群只赶到村庄边上吃草，天傍黑或早饭前，五爷就可以把羊群赶到山坡沟坬，不过大多远离公路。只有在那些节假日，才敢到公路通过的那些敞梁上放羊；羊们很"配合"，特别挑崖角和黑眼圈，在带队和维持秩序上很是得力。连狐子也能发挥它的作用，很远的地方有响动它都能觉察得到。

五爷的"游击战"打得再好，总还是有牺牲的，总有被逮住的时候，只要被抓了现形，每次都得被干部赶走两三只羊，那回把挑崖角和黑眼圈拉走，五爷一病卧床一个星期没出山。

"退耕还林""封山禁牧""再造山川秀美的大西北"……五爷怕是这一辈子也理解不了国家这些重大战略决策，"游击战"怕是会打成"持久战"的，被干部赶走的羊，他也想出了挽回损失的法子。

舍养后不活动，羊的病就多了。最厉害的是尿结石这种病，尿泡一破，羊就毙命，不论什么病，来得及宰杀还是来不及宰杀的死羊，全卖给了三丢。

三丢，比我年龄只大了几岁，他也是没有离开乡下的一个人。但他没像五爷那样，死守在村里。先是开三轮车搞运输，后来又"业务拓展"，换上了农运车，日夜走村串寨，收粮贩油，遇到了也做收购病死的猪、鸡、羊的勾当。

春节回乡，我找三丢一块儿喝酒，酒至半酣，他倒出了难肠。说他去过县城里的黑作坊，地下室的一间大库房里，死猫、死狗、死猪堆了一地。加工厂地上血水、污水横流、粉碎机脏得不敢看，恶臭熏鼻，看一眼就作呕。他反复问我，你相信饭桌上那些肉是从这里来的吗？我无法回答他，我真的搞不清。

三丢说，就在这里把分类加工好的死肉，再通过线人卖到市场。

三丢还没说完，我就直想吐，冲出门外，抱着院畔上那棵老枣树，把刚才喝进去的酒全给吐出去了。

不管怎么说，酒是难以彻底戒掉的。

我们的老祖先最早是从腐烂了的野果的酸香味，获得启发，发明了酿酒术。几乎与人类文明史一道开始，一朝又一代，人们品评着酒色酒香，吟咏着酒诗酒歌，遵从着酒礼酒俗；浩瀚的历史长河中，加入了酒，河水才奔流得更加汹涌、浪漫。特别是文人多嗜酒，一部中国文学史，每一个页面几乎都散发着酒香。

从一个二十岁的小青年到从学校毕业步入社会，这三十年来，我从未一个人独自喝过酒。在很多的场合，也听过很多的人说过，家里什么好酒都放着呢，就是自己一个人从没打开喝过一杯。就好在馆子里与几人一起吆五喝六。古人也说过：一人不喝酒，二人不猜拳。

现在，请客已成一件很难的事。凡你想邀约一块小坐喝几杯的，定当是脾性相投的好朋友，不相干的人，现在怕是很难坐在一个桌上开怀畅饮了，不只是没那个闲情，也没那个闲时。而友人与同僚中，有好多因身体问题不敢出来喝酒了。

还有好多朋友身份和地位不同，邀他们去那些小馆子喝酒，自己都感觉有点不合适。而我辈一介书生，哪来那么多钱去大酒店请他们喝酒呢？更主要的是很不爱到大酒店去喝酒。

知天命之年，就是人生的一道坎吧。

连着多天喝酒，一晚上连着喝几场；坐两三个人，至少都要喝一箱啤酒或一两瓶白酒，常常会比之更多——这些都已尘封于往事。多年间多次去西安，我从未去过医院，今年扛不住了，不到五十岁，身体的这部车，好些零部件都松动了。

我开始回避大多数酒局，更不敢像昔日那样地请人喝酒。

劳累奔波了一天，晚上不敢写作，我走在街道上散步的时候，脚步会不由自主地走向那片夜市。没有人认识我是谁，坐在灯火中，来几杯生啤，来一小把烤羊肉串，吹过几许风，草长花开的春初、沉寂闷热的夏夜或落叶飘零前的秋日，坐于市井百姓之中……

夜市是我的岁月时光中很美好的一个去处。然而我一直怀疑烤羊肉串。

好多人都说过，夜市上那些烤羊肉串，极有可能都是街头捡的死猫死狗做的，但我还是戒不住，也因为没有眼见。三丢说，烧烤摊子上的肉就更不保险了，他见过专门加工羊肉串的，用鸭肉、猫肉各种病死动物的肉，放在羊油、羊尿里浸泡，说到羊尿的时候，他的嘴笑得快要扯烂了，然后用"嫩肉粉"让肉变得松软鲜嫩，烤肉的时候再往调料里添加一些"羊肉香精"，就成了味道鲜美的"正宗"羊肉串了……我不知三丢是编故事吓我，还是说真的，不敢再往下想。

我们村是个不大的村子，可五花八门什么人都有，不过都去城里闹腾世事去了，只有这三丢没有离开乡下。照例我还是劝他不要做这类事了，出事是一定的，只是迟早的问题，到时我帮不了他。

我不知三丢是醉了还是没醉，说："我要是不干了，五爷怎么办？可就惨了，他的羊常叫干部给抓走，虽然就一只两只，你知道现在这羊多贵？春上的一个小羊羔就几百块呢。不让放羊，圈在圈里，这羊病就多，他不处理病羊、死羊，他养这羊的成本可就摊大了。"

那些日头最火毒的正午，还有那些风雨之夜，五爷还赶上他的羊群在石坡沟岔或黄土高坡上游弋，这样的一大群羊全是要卖掉的。过大年的时候，五爷才舍得给自家吃上一只，五爷的苦我是知道的。一会儿三丢又说他真不干了。每见他我都是这样劝，可他现在不是照样还在干吗？当年穷得没办法，买了四川女人做婆姨，一连生了三四个娃，黑天半夜开着三轮车到处跑。不只是辛苦，风里来雨里去，朝去暮还能不能还？没人知道。可他的光景过得不错了，从那院瓷砖贴面的窑洞和高大的门楼便可"管窥一斑"，他已有两个孩子上了大学。要论吃苦，十里八村还真的挑不出三丢这样的好汉子，只可惜他不走正道，还染上了赌博的毛病，听说他串村耍赌，今年又输了好几万。

再吃草

　　自从我进了城里工作，这三十年，差不多天天下午在外面的餐馆、酒店吃喝。这几年，孩子们也都离开这座城市到外面上大学走了，我却总想往农村跑。那山、那河，只要在微信的朋友圈里看到，也总是要心动上一阵子。哪怕是走到乡下，站在一丛野草之间。每次到了乡下，举着个手机拍摄不够的是那些菜园子，吃不够的是那些瓜果菜蔬。

　　青玉米棒，在我年少时可算是难得的美味。

　　那时还是农业社，村东后沟的坝子上全种着玉米，擎着火红的穗子站在山梁上，如果把高粱比作北方的汉子的话，那这玉米就是北方的女子了。到六月份就吐出了粉红

的缨子，但我们的目光是在那一头缨子下面的玉米棒，要到了七月里，它们才成熟。这个时候是危险期，农业社派出了看护人员，但主要是防止狐狸、黄鼠狼和狗来偷吃，特别在夜间。

那回我和一个兄弟从青山庙梁上打草下来，夕阳已从坝子的玉米林撤过，四下里望望，也不见有人，真是见财起意，我们两个钻入玉米林，掰下三四个青玉米棒子，装入草筐底下。敢这样做是临时起意，谁就能知道这是我们掰去的，而不是黄鼠狼或狗呢？所以我火速伪造了现场，把那几棵玉米秸秆给踩倒，迅速撤出。这就是孩童的全部智慧，哪里想到黄鼠狼和狗啃过的，玉米秸秆是压倒了，可它们只啃了玉米粒，那芯子还在秸秆上吊着。也可算一回走大运吧，竟然没被发现和查出来，要不然得扣我们家几个工分呢。

野菜野草没人管，那个年代，更多的记忆是打野菜。

第一棵从大地上探出脑袋来的草，叫麻钱钱，叶子刚露出地面时，状如麻钱，是我们在村中石磨道边上玩耍时发现的，石磨安在村西一个阳湾里。我们找到它，不只因为它是我们村的大地上第一点绿色，主要是因为麻钱钱草的根甜甜的、辣辣的，是我们在春天吃到的第一口鲜味。可供我们吃的草还有小蒜，从地里一刨出来即可食。小蒜的根茎状如蒜瓣，是长圆形的，长在山梁上，略有大蒜的味道，但没那么刺辣，要等到吃完树上的榆钱儿时，小蒜们的根茎才在泥土下长大。

在这个物质丰富的时代，无法知道多少人在写野菜的小文章。个人博客、个人空间、小报小刊，从文字到图片，无从计数，恰似山野河沟那漫天的野菜野草。但作家们大多忽略了一点，那年代连野菜也少得可怜，最起码我的故乡是那样的。就那片土地，哪儿能经得住那么多人畜轮番地天天挖掘、啃咬呢？

这是五爷的童年，几乎每次回村里见到我，他都要给我讲一番：

那是1959年的事，村里已有几个孩子饿死了，我母亲也在三天前昏倒在院门口就再也没爬起来。父亲不得不领着我和弟弟离家出走，踏上逃荒的路。走出村外没多久，体弱多病的弟弟就走不动了，其实大人和孩子差不了多少，只是大人还没倒下。父亲找遍路两边的地方，没寻到一棵野菜，连一路上的树皮也全给先走过的人家剥光了，实在找不到可吃的东西，这样耗下去，一家三口都走不出去。父亲把弟弟放在路边的一块大石头背后，拖上我就走。在我们还没爬上山头时，就看见几条野狗奔窜至弟弟藏身的那一块大石头。在前面的路途上，我就看见过不少骨架散落在石头林里。父亲似乎什么也顾不了，拉着我翻过山梁，发疯似的往前赶路……

现在赶上了好年代，吃饭早已不是什么难事，难的是吃什么？到哪儿去吃？每一次电话里人家要我定地方，我都无法给人家回答，确实不知去哪儿吃。坐在酒店里，那么厚一本菜谱，有的高档酒店已用上了电子菜谱，却还是不知道哪一道更好吃。却不过主人的盛情，在那儿程序性地翻来翻去，最后习惯性地报出一两个菜名。相信这年头，每个人都碰到过点菜这道"难题"。一盘土豆丝，是我每次必点的。那年在京城去了北京饭店，一瓶啤酒都是二十多元，我仍点了一盘土豆丝，回来单位说起，一位爱喝酒又很少有机会出去的老者骂骂咧咧，真是修先人经①哩。

如今，到乡下采挖野菜，已是一种奢望。周末的时候，还是开上自己的车，出了城，来到大漠的湖泊边或南山上，挖野菜。主要是苦菜，早春四月杨柳吐绿的时候，那些向阳的坡畔上，就长出了苦菜，一直要延续到秋末，直到大地叶落枝枯的时候……

———————————

① 修先人经，指做羞辱祖先的事情。整句话表示感叹，你真是在羞辱祖先呢。

富奢靡

　　"富二代"，这个词典里没有的名词，早在十多年前，就层出不穷。那年路过老家的县城，在一个远房亲戚家里住了一夜，走时把带在身上的一本刚获茅盾文学奖的《尘埃落定》丢在他家了。从那时开始，这些年我无论到哪里去，包里总带着一两本书，哪怕不带洗漱用品。我只是一介书生。

　　亲戚家的儿子王明后来告诉我，那本书被他收起来了，前后看了好几遍呢，太羡慕书中土司的那个儿子了，傻傻的，却又那么喜欢女人，整天和他身边的女人们泡在一起，享尽"天伦之乐"。作为一个很不爱动脑筋，学校里的混混学生，那时王明只看到了土司儿子弱智、傻帽，衣食无忧，有那么多女人供他玩的一面，却没有读到"大智若愚"背后的东西。

后来，王明似乎真的过上了他曾梦想的日子，虽然他没有上过真正的大学，只是在省城的一家民办高校混了一张文凭，却通过父亲的关系找到了一份正式工作，有一半时间又在自己家的焦化厂打理事务。王明说圈子里的朋友，不少人都在凌晨三四点睡觉，第二天下午两三点起床，打电话呼朋唤友，找个地方，吃饭喝酒，消磨上几个钟头。

天黑的时候，一天才真正开始，他们转移到 KTV 唱歌喝酒，还会转移到宾馆酒店的房间，叫上来一群小姐喝酒、打牌、狂欢作乐。

他们不是天生的大酒量，而是需要酒精和女人的刺激，让自己从那厚重的金钱包裹下衣食无忧的麻木生活中找到另外一种放纵感觉。他们一杯一杯一瓶一瓶地拼着酒，灌入朋友嘴里，灌入自己嘴里，更多的是灌入那些女孩的嘴里。他们也没有多好的嗓音，不是音乐方面的有志青年。他们或醉眼蒙眬，或酒气冲天，有气无力，或怪腔怪调，唱着周杰伦、齐秦、周华健、蔡依林、崔健、罗中旭、凤凰传奇们的歌。他们用这样的方式招待着朋友，也被圈子里的朋友这样招待着。

普通人不曾这样想，也不敢这样想的问题，是王明这一茬富二代面对的问题——钱怎么花掉？

喝酒、玩小姐、赌博，一掷千金，没有谁会皱一下眉头。"人民币、人民币，在人民的手里才是币。"这是富二代们常说的一句口头禅。当年我考上改写命运的小中专离开故乡的时候，王明才在县城的中学里上学，爱逃课，在巷子里打架，可以从人家瓦屋顶上跳下去。岁月一晃二十年过去，我辈好像在社会上混出了个模样，其实只是混得了一些虚名，生活得宽不宽裕，自己心底最清楚，经常出入于地方上的重大活动和一些有头脸的场合，常穿的也就那几件衣服。那个周末，王明从县城来到我们这座城市找我喝酒，戴的是十几万元的金表，拿的是六七万元的手机，一套西服十来万元，一双皮鞋一万多元，就是一条裤带都上了万元。我不能因为贫富悬殊，就割断和他的交往，王明常爱找我喝酒,说他至今记着我当年丢在他家的那本《尘埃落定》。

打小的时候我们就认识，虽然我比王明大十来岁。那时他跟着他母亲常来我们村，住在福贵家隔壁的院子，我们常在福贵家大门外那盘石碾子边上玩。福贵爹那时在乡政府工作，还是个副乡长，常给福贵捎回来玩具，那辆拧发条的橄榄色的小汽车没少让我玩，却不让王明碰一下。福贵爹是乡干部，但福贵的功课成绩却常在我后面，考试的时候，还常常得央告我给他递纸蛋儿，那哀求的目光，远比王明想玩一下他那辆小汽车可怜。小汽车跑远了，王明跑在最前头，想在它走完发条不动时给我们捡回来，福贵大喝一声，王明弯下去的腰猛地直起来，怔在原地不敢再动一下。玩"开汽车"，王明也常常是在后面给我们推车或只能坐在后面车兜里，我们从不让他在前面驾驶。大人们劳动使用的架子车，我们再找一只车轱辘，将其用绳子捆了固定在架子车一根辕杆上做前轮，一人坐固定处的辕杆上，两手把握那只车轱辘方向，驾车往前跑……

即使今天，王明也并不见得对车懂多少，虽然他们家已拥有四辆豪车。在富二代这个圈子里，已形成了一种比车的心理，看到谁买了一辆名车，某人嘴上不说，却暗地里较劲，你有的，我要有，你没有的，我也要有。用不了几天就去买一辆更好的回来开着。哪怕是从街道上走过，发现一辆新的豪车，心里也过不去，莫名地发火。

林肯、保时捷、凯迪拉克、雷克萨斯、宾利、宝马、奔驰、路虎……走在王明生活的县城并不宽阔的街道上，一辆辆高档豪车轰鸣着从身旁驶过。

只比排量、价位，并不懂得多少车辆的性能，高档名车，有些时候，在他们来说只是玩具。一位富二代，买了悍马，为了试一下是否可以水陆两用，跑到一片水域边往水里开，结果直接陷进去了。无独有偶，另一位富二代买了"大奔"，开到走马梁的展滩上，找了一个大沙坑，打算开进去再开出来，结果"大奔"一头栽进去就不动弹了，最后找了两辆吊车才拉出来。

他们把车开上高速公路，一辆宝马跑到250迈，旁边过来一辆"大奔"，"嗖"一下超过去就走了。网上发出视频，社会惊呼，这条高速从此安上了区间测速监控设备。

那个初夏的一个星期六，我坐王明的路虎去一座神山，百公里的弯弯柏油路上，没见到一辆这样的车子。这是刚接回来不久的路虎揽胜，王明主要是想把它开上神山，染染山上的神气。日暮时分，我们下得山来，又上石头城，在山城的"王府井"人民剧院那一块喝酒，偏遇停电。听出我们的口音，那个很壮实、露着满口黄牙的女老板，进来连连说不好意思，说他们就这样的条件，给我们点支蜡。很快就叫一个黄头发方脸的女孩儿点上来一支蜡，颤颤巍巍的。王明还是嫌不亮堂，他心情不错，准备好好喝一场。山上的老道长给他推八卦，说他的命很特别，很硬，这一生大有可能谋什么成什么，官将至厅局级。他出去把路虎开到雅间窗户下，发动着车，两片雪亮的光投射到我们的雅间，用 5.0 排量的路虎给我们喝酒照明。当地接待我们的朋友说，整个山城还没一辆路虎。我们的车像一只老虎，横行在尚没有红绿灯的石头城，两旁门店里的那些男女老少，像发现怪物一样，都盯着看这一庞然大物。再往前，街道边上停着一辆"霸道"车，路虎过不去了，使劲按喇叭，那男人从车里伸出头来，看了看，很不情愿地慢慢腾腾把他的车从路上移开了，大概在他眼里，他的霸道车，在这里就是老大了。

贫作乐

有一天，我接到一个陌生的电话，操着我老家那一带的口音，叫着我的小名，电话中使劲让我猜他是谁。诸事纷扰，我实在不爱接这类电话，最后还是对方自报家门，是我初中一个同学，小镇中学毕业后再没见。他说他现在在我们这个城市的街道上，想见见我，并约在酒店见面，电话中一再说明，要我确定吃饭的地方，一定高档一些。

电话挂了，我很想见我的这位同学杨明军。第一次进县城，是那年参加小中专考试。同学们都跟着老师住进招待所，那时很少见宾馆的字样。我住不起招待所，就跟着杨明军住在他舅舅家，在铁场的旁边。县城给我的印象：铁场在城北郊外，从铁场出来，一条柏油路通向城里。

柏油路下边是农田，农田间的一小片空地上，一个小铁皮房子上面，用毛笔歪歪扭扭地写了"小吃店"几个朱红的字。上午和下午考完试,我从城里回来路过"小吃店"，顺便在这里买饭吃。就一个中年男人开着店，同时来几个客人，他就忙不过来了，让我每顿饭交上五毛钱，自己动手随便吃。

在指定的接头地点，杨明军过来了，他开着一辆宝马，和他一起从车上下来的还有一位穿红衣的年轻女士，问及还不是他的夫人。这个班里当年最穷困、多次考试要我递纸条的同学，如今西装领带，说起话来一套又一套，酒量也很大，显然是经见过大世面的人了。他给我悉数县城的大老板，并说哪几个与他私交甚深，还点出了二三县领导，说常在一搭里^①喝酒。我不好多说，只有嗯、啊地回答。这个当年坐在我后排与我一样的贫民家的孩子，在县城当起了小额贷款公司的老总（后来弄清他其实就是开办了地下钱庄）。

---

① 一搭里，指一起。

在外地人眼里，老家的县城遍地撒的是钱。早就听说那里民间资本可与各大银行三分天下。与"富二代"伴生的是"贫二代"，他们在这个高消费的县城里，过着难堪的日子。国家实行了免费上学，然而大量的农村人口涌进城里来，大批的农村学校关门，使得在县城里上学摊上了更大的代价。不少孩子上个幼儿园，还拿着县领导写的条子，上个初中，择校费不用提，为了挑个好班，有的老板托人办这件事花到了五万元。赶超大城市，堪比北京、上海等一线城市的房价，二十多元的一份早餐，让这些在外很"荣耀"的人，也只能望房兴叹，常常得把裤带往紧勒一勒。

再回老家县城的时候，我找过杨明军一次，他是在城南的一栋高档酒店里租房子办公。他的地下钱庄，合伙人是从南山里上来的几个做各种各样临时性事务的后生。老家那一带没有资源没有多少暴富者，可那里尽是熟人，南山是他们永远的背靠。他们用多年在县城街道上练下的嘴皮子，回到乡里，大姑大姨，爷孙侄儿，跑遍十里八村，把庄稼人家里那些沾满泥土、汗水、藏在粮囤、地窖里的钱，煽惑到他们手里，又用比别人更高的利息筹集到了一些钱，开始放贷。

有人心急火燎，有人铤而走险，打着有什么什么背景，用比别人更高的利息，四处吸收钱，吸收那些"昏了头的人们的钱"。更从小学、初中、高中各处的同学，同学的兄弟姐妹、亲戚朋友手上把钱吸收过来，再以更高的利息放出去，自己当起了二老板。

几个人最大的心事是买一辆高档小车。开着一辆破捷达，整天在县城街头的车林里穿梭的他们，闭着眼都知道县城街道上有哪些豪车，虽然他们只是初中文化程度。有人提议买一辆霸道，有人当即表示反对，什么眼光？一点都不超前。为了慎重，再上街的时候，他们的目光总会盯着"富二代"们那些豪车。走在酒店门前，看见停着一辆豪车，就要围上去"研究"一番。好些回甚至被保安给盯上了，以为他们几个是贼娃子。最后他们直接把路虎给开回来了，一次到位。

就这样，他们开上路虎出去，四处招摇。

我们开车从县城的大街上走过，听一位官员的司机这样介绍，在我们这里，暴富者多，穷人多，两多。东坡的一个后生，买了两百多万元的车坐着，他还有十多台车，整天在街上转着，贷款一个亿。先前他有生意，现在什么也不做了。

那时，银联卡已开通了短信告知功能，转、存款，每办一笔业务，持卡人都能在第一时间收到短信。一条一条短信来了，杨明军他们坐在房子里，就有一笔一笔钱从四面八方打入他们的银联卡里。每一条这样的短信，都能让他们惊喜一回，激动一次。不由得谈论起年少时那恓惶的光景与日月来。

"小的时候，没有衣服穿，我穿的衣服都是哥姐们剩下来的，夏天从来都不穿鞋子，光着脚到山梁河沟满世界疯跑。"

"你那算什么？我到小镇上读初中了，还穿着破了裆的裤子呢，沿河村那些捣蛋的学生常常把我推向女生群里起哄。星期天下午返校，好多同学都从家里带来了干粮，我什么都没有，一点干咸菜都没有，不回家留在学校复习功课的那些星期天，校园里人少，我曾转到学生食堂外，趁人不备翻过窗户爬进去，偷过玉米面窝头。"

"你那也算不了什么，农村刚实行家庭联产承包责任制的时候，我家穷得连耕地的犁铧都没有，我爹在夜里出去偷了别人家的一具犁铧，真丢人啊。为了吃一顿猪肉粉条，我义务给我五爷家背了一天庄稼捆子……"

说到了激动处，还不到下班时间，他们走向酒馆，纵情豪饮。酒足饭饱，狂热不退，他们又来到县城一家高档娱乐城,继续喝酒,在午夜里疯狂,一点不逊色于"富二代"。

不说方言的游子

在省城，见到朋友田谷先生，他青年时离开老家，在省城生活三十年，谈吐间没有一点方言。问及，先生直接告诉我，他不愿说方言，特别是在一些公众场所。

田谷先生是这样认为的，在省城，外地人说起咱那一块的人，先说有，有钱；跟着就是无，无知无畏。在钟楼、在各大公园等公众场所，最粗鲁的人，可能就是咱那里的人。街道上走过，常有人在背后指画。

过去家乡人来省城，大家聚到一块儿，谈地域文化、民间艺术。现在，就谈钱，谈老板，谈谁家的孩子又捅了乱子，谈谁谁贷款几千万、几个亿。

我回去，几个朋友开宝马过来接。车上，一个叫另一个张总，人家说，你去年赌博输掉了三千万元。那个张总，就用平淡的语调回答：听他们胡说，我只输了一千万元。喝酒中，大家一直在谈钱，从车谈到房子，说又买了几套房子。有一个外地朋友谈到咱那民间文化，有人插话，那值几个钱？话题又回到了钱上。

田谷先生说："当年，我出了自己的作品集，回去一帮同学来见我，一顿饭几千元。我很痛心，不要这些，买我的一些书吧，算对我的支持。"事后，有关系好的同学私下劝我，以后回来见了同学别提这些事了，他们不会给你这个钱的，反倒会给你传出很多不好听的话。

张口就是钱，但他们都是并不懂管理的老板，不是凭智慧、谋略来做生意，经营自己的公司，而是忽然间在自家后院挖出几坛子金银财宝，一夜暴富，然后用钱再去赚钱。他们的生意经，几乎都无法摆到桌面上去，大多是靠走后门，找关系，行贿，钻政策的空子，倒贩资源。买了一块地，转手又赚了多少钱。有在煤矿入一万元分到六百多万元的人。起初煤矿生意不景气的时候，老家一个亲戚的煤矿经营不下去了，那天正在和人签订买卖协议，老家一个电话打来，说老母亲病重，这煤老板扔下还未签订的协议就跑，带老母亲去北京看病。等从北京给老母亲看病回来，煤矿价格已翻了一番。

钱，就是这样来的。

有钱，再加上灰汉①，结果是什么？最容易捅大乱子。我亲眼看见了这场惨剧。黑夜里，一黑色幽灵出现在省城钟楼附近，肇事者是从娱乐场喝完酒出来，拉着四名女子，以八十迈的时速先撞坏护栏，后撞向旁边行驶的出租车，出租车里两青年当场亡命。咱老家那后生开的百万元黑色"大奔"，在钟楼下逆向奔驰，撞死的不只是两个行人，它撞伤的是时代，撞痛的是我们的心。钟楼坐落于省城中心，明洪武十七年（公元1384年）修建，是中国现存形制最大保存最好的一座钟楼，它阅尽世事沧桑，必然也替时代记下了这一幕。

当年，咱老家就是贫穷的代名词。走哪儿都被人瞧不起。改革开放不及十年，资源大开发，暴富了，走哪儿还

---

① 灰汉，指做事不计后果的男人。

是被人鄙视。一贫一富之间，都不能获得尊重。

为什么？缺了文化。

开着奔驰、宝马，心里却空虚、茫然。

不知去哪里？

文化又是什么样子

　　河神岭小学——那是不知谁用黑的毛笔，或者就是用一只黑炭块子，随意写在大门墙壁上大小不一的几个字。趴在故乡河神岭小学校园外的石头墙上，听大一点儿的小伙伴们在窑洞里读课文，我竟比在教室里坐着、大自己两岁的六六还背会得快，也许正是因了这样的"人之初"，这半辈子与书为伴，我连微信名都叫个"图书子"。"图书子"是塞上的一个方言，发汉语"兔鼠子"音；曾多次见过，在一些场合，人们取笑那些书生，不呼其姓名，而喊"图书子"。山野田畔，探头缩脑，或突然被山狗、野狼追的没命奔逃的小动物？

　　风里雨里，披星辉，踏月色，跋涉了二三十个春秋，拼掉了半条命，图书子还是行走在这座城市的边缘，新置的房子在这座城市最北边。几年前，这些地带，还是一片荒芜之地，现在都成了楼群，可是，大多数的楼房都空锁着。

图书子的那扇窗户一直亮着灯：在这窗前，读曹雪芹、吴承恩、鲁迅，读托尔斯泰、海明威、卡夫卡、马尔克斯……也读社会和人世间这本大书。从城北高楼这扇小小的窗口望出去，城里的天空，大多数时候被烟雾笼罩着，可以看见的是塔吊——满城伸着巨擘的塔吊，在空中旋转、游移、横扫，掌控着天空。城市的地面，在任何地方的巷道或小区门口，都可以见到那些电动的三轮子，拉着工人、工具或建材，从早到晚，成群结队，像草原上的羊群。有人说，这座新的大都市，就是驮负在这些三轮子上建起的。除过羊群般的电动三轮子，还有一群"疯牛"般的拉土车。大多拉土车过十字路口不减速，反而呼啸着高速通过，其他车辆和行人常常躲闪不及。没有车牌，即使有车牌，大多都被泥土遮挡覆盖；狂奔疯跑横冲直撞，飞速行驶肆意违章，尘土飞扬到处抛洒。每当夜幕降临，就有一些这样的拉土车出现在街头，这些家伙像一大群"疯牛"，屡屡伤人，每年大概要有半百人命丧疯狂拉土车车轮之下，弄得满城惊恐。

一座城市，驯服不了一群拉土车。

这座城市的地面与空中之间，是搅拌机的混响，是钢管从架子上扔下来撞击钢管或其他杂物的声音……到处是密集的高层楼群。

那是二十世纪的八十年代末，图书子来这座城市上师范学校。汽车从城北有很多杨柳树的公路上进了城，从车窗望出去，最高的楼房是五层，平房、楼房、破旧的四合院混杂在一起；马路上四轮车、自行车还有其他车辆，拥挤着一齐往前奔，城市只若初时那个安逸的小镇。2000年秋末，从北京回来，下车走在街道上，行人车辆，稀稀落落，走过这座城市钟楼巷十字路口，只有黄叶在寒风中飒飒飘飞，这里是这座城市的王府井。原来，图书子生存的这个城市，只是西部的一个荒凉的小县城，城区的地面上还不见什么楼盘，街道上还没有一块电子广告屏。

可是，还没过两年，这座城市街道上的车多起来了，好像下了一场暴雨，发起了洪水，街道上开始出现了堵车。

城市划出了开发区，谁也不知道多少工地和楼盘在同时开工，城市日夜扩张。林肯、保时捷、凯迪拉克、雷克萨斯、宾利、宝马、奔驰……走在旧城区和开发区，一辆辆高档豪车轰鸣着从身旁驶过，令这个城市猝不及防，面对四面八方源源不断涌来的车辆，束手无策。后来这里开始设置单行道，开始安置了大量的红绿灯。即使这样，面对与日俱增的车辆，面对那些羊群般的车流，谁又有什么好办法？

不用说新区，雨后春笋似的。

单是老城区的改造，也是翻天覆地的。

高楼大厦……还是高楼大厦……城市不知伸向多远的地方。书店却还就只有多年前那几家，老城繁华闹市区那家个人书店，还是开在地下室，几百平方米。唯一的新华书店，还就那样立在老街上，是因为前几年老街实施步行街改造，新华书店那几间房子的房顶和店面才做了翻新。比旧城大了不知多少倍的那些新区，则没看见有什么书店。

每有外地写作的朋友来了这革命老区，从霓虹辉映、灯火璀璨的夜里走过，无不留下一地叹息。

这座城里还有读书的人，是孩子们。

这座小城本就不多的那些书店，全靠这些孩子们支撑着。

从这座城市各处的书店门前走过，一年四季，时事不同，书店门上张贴悬挂的那些大幅宣传画上却都是各类考试用书。高校毕业生任职考试、事业单位公开招聘工作人员考试、城镇社区专职工作人员考试、政法干警招录考试、教师公开招录考试，教师、护士、会计、律师各类资格证考试，各类成人考试，各类投资指南，心理学书籍也不少。

当然中小学生的课外读本最多。这座城市的实体书店，基本要靠学生书籍、课外读本习题试题的销售来支撑。

这座城市的报刊亭，却全要靠销售饮品、日用小杂物支撑。

十年巨变，大地上的楼群、道路，呈现在眼前的许多物事，均可明白无误地作证。也有"亘古不变"的物事，让你感到不可思议，或可直接说成是奇迹，那就是这座城市全城黄金地段、街道十字边上呆立的邮政报刊亭。它们十多年没有任何变化，有的从开始就摆上各类饮品、日用小杂货，有的可能就没开过窗口；图书子十多年来骑那辆破自行车从这座城里来去，从未看到过有人从那里买过什么杂志。

钟楼巷繁华地段那个报刊亭都没摆几本杂志，上下班或回家，图书子每天数次要路过那里，看见亭子里守摊的那男人，不是出来和街道边停车收费的老头拉闲话，就是一个人在亭子里坐着打盹。

图书子喊了一声他才从梦里醒来。

"你这儿杂志太少，就摆了这几本，人家谁会过来买呢？你要摆得像人家北京、西安街道上的那报刊亭一样，保证会吸引过来好多的人。"亭子里的男人似乎还没有彻底醒来，揉了几下眼睛说："错了，我这个门市在这站很多年了，一天也不过来一个人。"

图书子说："那你赔惨了，怎还开着？"

亭子里的男人说："这是邮政的报刊亭，我是赚着工资在这上班的。"接着说，"这是邮局的报刊亭，还愁没杂志？上多少杂志也有，关键是没人过来买。"

那是十几年前，这座城市几乎是在全国率先提出打造"书香城市"，其中的一项浩大工程就是在老城和高新区所有的黄金地段建了这些统一制式的"邮政报刊亭"。这座城市的沿街马路边，黄金地段，寸土寸金，安放亭子，那是多么的不易？就因为打着打造"书香城市"的旗号，市委、市政府出面，一切都开道让路。光阴如梭，世事急遽变幻，唯有那些"邮政报刊亭"却全然昏睡不醒。

"改革开放的春风浩浩吹拂……""借改革开放之东风……"北方大漠上的这座城市无数的会议报告、报刊文章里，都写着这些句子，唯有这众多"邮政报刊亭"似乎一丝春风都没得。当年打造"书香城市"，还提出了很多口号，在乡下，黄河边，太阳正于东方天边冒花，灰黑的云朵已被染了红；行至一个乡政府，图书子看到这样一幅标语：日出唤醒大地，读书唤醒头脑。年代已长，大院围墙墙体裂缝，一句标语七零八落着。

几家书店的老板们似乎也很无奈："文学艺术方面的书，即使是名家大师的书，一次进货最多不超过十本。""如今这书店，全靠各类考试书、学生用书来支撑，包括新华书店也一样，他们有课本包底。"

学者刘复生撰文说：从历届诺奖评出的著作可窥探到这样一个问题，小说，特别是长篇经典，一直是建立、巩固一国乃至全球政治、经济新秩序的重要力量。也正因为看到了文学改造人心并进而改造世界的功能，梁启超把小说抬到了文学的头把椅子。而今，在北方的这座城市，那些净化心灵、塑造灵魂、鼓舞士气、激发志向的优秀的文学之书哪儿去了？

二十多年前，在上师范学校时，图书子在周日常常会到城里，去那家"现代人书屋"，那时这座城市还才只有两条街道。书屋在解放路上，店面是几间瓦屋，好多的书啊！店老板刚刚大学毕业，自己就是个书迷。从城外的师范学校到城里的老街，要步行十多里路，图书子走得很急切，仿佛那里有约会的恋人在等着；走得那样有劲头，每次去了都会带文学类的新书回来。这时，思绪常常也会飞回到故乡河神岭，绿的谷子穗、粉红的玉米缨子、白的土豆花、金黄的葵花，那层层庄稼的山梁上，有正在劳作的父亲母亲，兜里装着的这点钱，就是父亲母亲从黄土坷垃间刨挖的。他们坐在田垄上，围着粗瓷饭罐，在啃窝头、喝水；或走在山路上，碰见邮递员正好送来了信，于这黄土山路上，那牛皮纸信封的金贵在它落款的那行红字——西北师范学校。就是这行字，从根本上改变了他们儿子的命运！成了这个农家小院未来的希望！图书子似乎还能看到父亲母亲把那只信封举起来，对着太阳看里面的信纸，两个人加起来识不得几个字。图书子怀揣着梦想，急切往山下城里的"现代人书屋"赶去……几次想买的那本《草叶集》果然回来了。问题出在一本《西游记》上，这本印制精美的《西游记》，图书子站在架子前翻看了有几十分钟，书屋老板读到了图书子对之的深爱，说是一个老读者寄在这儿的，两元五角的书一元五角就给了图书子。离开故乡到城里来上学，图书子是带了一本《西游记》的，那是临走时一位老太爷送的。童年的时候，图书子多次缠着老太爷借读这《西游记》，过大年写春联，图书子给老太爷压纸、递墨，心里藏着的条件就是向老太爷借书看。二柜不爱看书，不肯听话，还捉弄老太爷，害得老太爷时不时就写坏了一个笔画。现在那本书早就磨破了书边，书页发黄，我怕把它翻散架了，也怕有的同学当成古董给掠走，就压在木箱底，不敢再往出拿。

童年，小村的《西游记》，记在心底，化作生命。

这个文化人

　　图书子的兜里也是装着一部时尚手机的，一部最新款的苹果手机。冬天里，收到了京城一家知名杂志发的稿费，一个汇款单就是八千多元，对蛰居塞外小城的图书子而言，这是破天荒的事情。图书子翻了半辈子书，写了半辈子文，这两年文章终于有地方发了，最令图书子激动的还是这张稿费单，舍不得领。找人、托人，几经周折才以丢失为由作废了前一张，在邮局重新打出了一张汇款单，把"丢失"了的这一张装入一个小相框，搁置在案头，以让自己抬头就能看到。十多年钻在单位楼道拐角背阴的这间小房子里上班、读书、写作，图书子心中一直迷信着契诃夫说过的一句话：文学艺术给人插上翅膀，可以把人带到很远很远的地方。

　　稿费怎么花成了个最令人头疼的问题，好一段时间想不出主意，图书子打电话给一些知心的朋友，手机却一忽儿聋一会儿哑，在手上磕几下，又好了。他推着一辆破自行车从街头走过，身边到处都是穿着时尚笑容满面准备迎接新春的男女老少爷们，一年的苦熬苦练历历在目，眼眶不由泛潮。图书子狠下决心，调转车头，去了后街上的一家苹果专卖店，昂首迈进店里，这与图书子平日的举止判若两人。有一天，写下"猥琐"这个词，图书子不得不停住了。怎么也不能用这个词来写自己吧？可是他在桌前呆坐了好一阵子，转了不少脑筋，终没有找到另外的一个词语。想到这个词也许是因为他总是走路躬着腰身，常常若有所思，大多数时候，手里或袋子里提着几本书，是要给人去送的。

　　所有那些零星点滴时间，图书子都必须用读书把它们利用了，比如开会。这些年，无论在哪儿开会，图书子总是带着一本书。他一到会场，目光首先搜寻那些角落里的座位，尽量蜷缩起来；遇开会人少的时候，不让坐角落，他常常是看一会儿书，抬起头来听几句领导讲话，主要是担心讲话的领导万一不高兴，当面指着他训骂一顿。不管怎样，书还是要看的，能看几行是几行，能看几页是几页，能看几篇是几篇。在办公室里，只要手头没事了，他就会拿起一本书，看一看。还有每天的清早，起床前的几分钟，他也总是要趴在枕头上，看一篇文章的。与那些红光满面、名牌服饰、高大嗓门、挥手扬臂、阔步前行的官员比之，这样的形貌，也应算到猥琐之列了。

图书子没有挑选，喊店员拿来最新款的机子。这苹果究竟有多少功能，图书子丈二和尚摸不着头脑，只会打电话、发短信，对手机来说真是一朵鲜花插在牛粪上了。

抱着高档手机从店里出来，图书子望向靠老槐树撑着的自己那"坐骑"，一下又是心潮翻滚！在给妻子打了个电话后，他情绪激动地走向古城老街上一家自行车行，用买过手机后剩余的两千多元稿费，从自行车行推走一辆可变速又轻便的车子。

图书子多年骑一辆破自行车于这座城市里咯咯吱吱、左躲右闪、来来去去。不是换里胎，就是修脚蹬子；铃铛被图书子扔家里早已生锈，有哪辆车会听你的铃铛？有一回遇急事，图书子想从左手超过前面走在马路中间那辆慢慢悠悠的奔驰，便急促地按动着铃铛，"大奔"突然就地站住，车窗里探出来一副"墨镜"骂："你喊叫什么啊？"是一个三十来岁的女子。大概是看图书子紧急捏闸摔倒在路边花木上，她才开走了。不知有多少回，在那些右拐道边上，图书子那样用力地按铃，车却从不理睬，都要强行超过，不断逼近，直至把图书子逼到靠在路牙子上站下来，怎么说人腿也扛不过车轮吧？图书子也常常与那些水泥罐车"并肩而行"，即便是上下班高峰期，它们从街道上开过，总是不断地轰着油门，左右横行，如入无车之境。图书子的自行车从来都是绿灯行、红灯停，站斑马线前等红灯的时候，一辆机动三轮车冒着黑烟从西而来闯红灯向北急驰而去，其时路口正有一群学生娃要通过。图书子惊愕不已，向旁边同样等红灯的车里一位老师傅说："现在这街道上二杆子开车多，真怕人啊。"老师傅递出一句话："不是二杆子的，也好不到哪儿去。"

就连走路的人，也都是毫不理睬骑破自行车的。有一

回喝高了，为了躲避一个老头子，图书子直接就撞在路边花木上了，前轮扭曲，推都推不成，图书子骂自行车，你不让老爷骑你，你把老爷骑上好了，遂将自行车扛在肩上，一路走回家。

大师们说，修养是一个人的精神长相，而读书是很重要的修养方式。多年青灯苦读在北方的这座小城里的图书子又是什么样的长相呢？

图书子兜里插着一支笔，手中握着一本书，或提着个电脑包，或拎着一个手提袋，手提袋一般是用来装随时要翻看的书籍和正在修改的稿子，图书子猫着腰，疾疾往前走……图书子五岁就开始帮父母干农活、放羊，这些年在城里打拼，背上的担子比"二代"们重多少？他的腰早已被岁月压弯。

图书子觉得，像自己这样的人，也许走在匈牙利那些小国家的街道上才是合适的。那个国土非常小、人口非常少的国家，大街小巷随处都可见图书馆，平均五百人就拥有一个图书馆，到处都是带着书本的人，常年读书的人都能占到国人的四分之一。那是一个非常崇尚读书学习的国家。一共有着十四位诺贝尔奖得主有匈牙利血统，若按人口比例来说，"诺奖大国"当之无愧。

街头的槐树枝杈上就要露出新芽之时，斜风细雨里，飘飘落叶前，片片飞雪中，许多时候图书子徒步穿过这座城市，手里也肯定拿着本书，边走边翻着。有好些回，图书子走路的时候碰了人家。有一回图书子把别人抱着的东西给碰掉了，那是个干部模样的人，骂图书子瞎了狗眼。图书子慌愧又惊愕，站地上好一会儿不敢动。有一回，图书子撞在了一个年轻女子的胸前，那女子大声尖叫，惹得周围的人都围过来以为发生了什么，图书子真觉无地自容，慌乱中暗想，人们常常说的书呆子，指的是不是此时这副模样的自己？许多回，图书子停下了脚步，茫然四顾，街道中间是穿梭的豪华小车，身边往来的全是穿着时尚的俊男靓女，在这样一条繁华的现代街道，一个手握书本走路的人，一时间竟十分胆怯。

许多时候，是那些读者的留言、寄语给了图书子前行的力量。

北方的天空下，羊群般的车流中，图书子骑着一辆破自行车，左躲右闪、踽踽前行……骑着它，如何指望迈向理想的高地？偏就有那些读者，常常从五湖四海给图书子发来赞誉、崇拜的短信。图书子在那些迷茫、困顿的时候，不由就会想，那些崇拜者要是能亲眼看见他这副模样，恐怕不知会怎样设法收回这些短信。"加油！"这两个字在图书子的耳边、手机微信里常常会出现。真正给图书子加油的是这句话："马老师，我最喜欢你文章里写无定河那段，超有意境。我要抱着你的书，去那河边走走。"这座城里在市政府大楼上班的一位美女给图书子发来的这条微信，像一团火一样在他胸间燃烧！

有条微信，快要被所有的人设置为人生"座右铭"了。有手机的人，大都曾收到并读过这条微信。这是一副对联。上联：爱妻、爱子、爱家庭，不爱身体等于零。下联：有权、有钱、有成功，没有健康一场空。横批：健康无价……很多人走的时候都说：我还不想走，我爱我的亲人，我爱我的事业，请上天再多给我一点时间！但是已经晚了，来生要想陪亲人时间长一些，做事业更久一些，先把你的身体照看好！

　　这么说来，图书子把自己读成了什么日月？

　　这些年的早餐，图书子全是胡乱、凑合吃的。妻子是教师，上班走得早，给孩子做的那些从超市买来的这个糊那个粉或者牛奶，图书子全不吃——他是从小吞糠咽菜的肚子。街道上那早点铺，他不放心，又不愿自己动手做，起床后就奔向写作案头，或投入工作。因为工作和写作一身扛，早就没有了锻炼时间，他是不停地吃药过来的。大多的药，是要在饭后吃，早餐在哪儿呢？如果早餐吃不了，那怎么服药？一天三顿的药，早上的药不吃，那中午的药什么时候吃？还有的时候，图书子是不想离开写作的桌子，不想打断思路，去倒开水，去把药袋剪开……

　　图书子成天把自己关在房子里写作，不能关机，一般也不会接电话，好多电话都是安排在回家的路上再打的。行走时的安全就不说了，图书子回到家早过了饭时，常常是端起饭碗，用筷子往口里直接拨拉，每回都噎得直打嗝，妻子不知多少次骂，他自己也早就意识到了问题，这样吃饭，真弄下毛病，那就麻烦大了。过了四十岁的身体，每

个零部件都磨损过半，问题自然也都会渐渐出来，更不用说图书子半辈子已拼掉半条命了。可每次中午回来得迟，图书子吃饭的时候还是要被噎到的。

　　图书子最向往的就是早晨一上班的时候，去了自己的写作室开始写作，直到下班回家；下午一上班的时候，再到写作室开始写作。可是这样的日子是不多的，图书子提着个电脑包，从家到写作室再到单位，于三个地方间来回跑，心急火燎，不停地跑，不停地写；不管跑到哪儿，只要有二三十分钟时间，图书子都会就地坐下来接着写作。

　　一个写作者，没有自己的书房，实在是可悲。

　　到了这座城市不久，图书子弄到了自己的房子，却是一套四十多平方米的公寓。一间小卧室可以做书房，这时孩子们已上学，图书子必须无条件将书房让出来，在单位里集体办公。

　　去哪里写作呢？

　　没地方去，只能四处凑合——图书子像小时候故乡场院里那只要下蛋的芦花母鸡，四处跑着寻找地方。

图书子不断地用文章，将这座城市带到中国文学里。可是谁知道这些文章，是趴在哪里写出来的呢？不断地寻思着写作的地方，常想着家里那些角角落落。那是一个周日，妻子回娘家，图书子在家里转来转去，忽然萌生出一个主意，去老街的农贸区旧货市场买一个活动的小桌，放卧室的床头边上，不就可以写了吗？阳光清和的秋日上午，图书子来到农贸市场，在一个旧家具店，果然找到了所要的东西，一张小的合料板，往下面的一个铁管架上一支，就是一张桌子了，他又把价格由五十元砍到四十五元。面板与铁管架，放在一起不好抱，分开一只胳膊抱一件，图书子的力气不足。图书子这样一个作家，一个力气不大的书生，一会儿两手合抱着它们，一会儿一只胳膊弯夹着桌面板，一只手抓提着铁管架，穿红绿灯，过大街，转小巷，手累得实在不行了，就放下来歇一歇，就那样一路走回家。

这果然是个好东西，占地不大，架子与面板分离，往床头边上一支，就可以趴上去写作了，不用了，一把收起，放门背后就是了。

在这个北方的城市，图书子苦苦地拼搏十多年了，还没赚下一间自己的书房。望望那些高楼大厦，知道那里面肯定有豪华书房。想着那些不读书不写书者拥有着豪华书房，图书子一时间心里面实在不是滋味，但立马又责骂自己，人家为什么就不能为自己建造那样豪华的书房呢？

图书子一直过着靠工资维持日子的生活。本就不多的钱，大多要用来供孩子上学的。直至大女儿留洋，去美国宾夕法尼亚大学读研究生。图书子自己一件棉衣穿两三个冬天，常年四季就那几件衣服，有时连换洗的都没有，常常半干就穿上走了；一副并不高档的眼镜，戴五六年；一把电动刮胡刀也用了四五年，每天早上剃须时都担心它转着转着不转了。这样的日月，家庭财政几乎就没有图书子买书这笔预算。《狼王梦》《山海经》、多个版本的《诗经》，出差在外地看到特别珍爱之书，微信上看到流传着的好书，偷偷摸摸也罢，想方设法也罢，图书子总是要买的。这样买回来的书，本是要常读的书，却因为装箱打包寄存到了朋友们那里，几乎再也不能看到。图书子的四十几平方米的"巢穴"，常常是买回来一些，就得往出发送一些。那些写作歇下、读书充电的时日，急想再读读以前买过的某本书，许多时候图书子都记不起来那本书是打包在了哪一只纸箱子里，那一只纸箱是寄存在哪个地方。只有作罢。

这些年，图书子的那些实在无处存放的书，大多并不是用家庭财政收入买回来的。每一次的发表，每一次的获奖，对这边远小城的图书子来说，像梦一样，所以必是要买一些有自己作品的书刊或杂志，给这座小城的人送的。

在十多年前，图书子收到一本散文年选，是京城出版社寄来的样书。临近春节，图书子头脑一热，想必是激动得发了疯，向出版社买了一百本，这笔稿费不够，又添了另外一笔钱。这样的书，在这座城市的书店里从来就没见过，图书子自己不买回来送人，这座城市的人谁又能知道呢？

每发表作品，一半稿费甚至所有稿费，图书子会要杂志社给自己兑换成杂志寄来。稿费确实是微不足道，试想，要是这座城市那些"二代"们遇上这事，那该会怎样啊？一个电话，买回来一车也不在话下。问题是买回来的杂志往哪里存放？单位属于集体办公室，图书子自己居住的"巢穴"，早已塞满。要把一大包书搬到六楼，也不是易事，搬上去一些，就得搬走一些，反复搬运，更是麻烦事啊。对于仅仅是上班下班的人来说，这或许简单得不值一提，可是对身单力薄且只要有一小点时间，都想钻入写作中的图书子来说，这就并非易事了。

又一本书上市——《2011年中国散文排行榜》，榜上十位作家，只有图书子自己和另一个年轻作家名气不大，其余均为人人皆知的当代实力派或当红作家。图书子料定，有人能上榜对这座城市来说是第一次，几乎不可能出现下一次。图书子与出版社联系，进入排行榜的作者，可以四折多买书，于是一下买了几百本，可家里说什么也没处放那十来包书了。图书子四处想办法寄存，取的时候又不方便，更担心弄丢了。对他人甚至所有人来说，这仅仅是一些破烂的书本，而对图书子来说，像自己的生命一样。不管怎么说，还得四处想法寄存。一位在市委工作的朋友看到这本书，终于动了恻隐之心，将其在旧市委空着的办公室借与图书子，不仅是问题迎刃而解，还坏事变成了好事，至此，在尘世奔波四十年的图书子终于有了写作室。

又获大奖，此奖前六届中本省只有四人获奖，图书子是"70后"里唯一一位获奖者。每届全国评出十位作家，到了第七届，图书子所在的省份都无一人上榜。何况北方的这一座小城？几乎就没有什么机会可言。收到获奖作品集，图书子把奖金全拿出来向出版社买了一批书，只说这回到顶峰了，以后不用买书了。

是希望牵着人在走吗？还是从台阶上一点一点吃力地往上爬？2014年京城一本大型文学杂志以开年之作在"现实中国"栏目重磅推出图书子长篇文章《消逝在酒馆里的岁月》，以此文引发，以"今天，中国人该如何讲感情讲面子"为话题，展开一年全国性大讨论。

这或许就属于可遇而不可求的事。

这是2014年北京市"两会"期间的一张《北京日报》的编者按：

春节快到了，按照中国人的传统，逢节就免不了喝酒，年复一年，酒桌上发生了多少悲欢离合，恐怕每一个人都能讲出一大段故事。随着时代的发展，酒杯里装载的东西似乎变得不那么单纯了，喝酒更成为人际交往中不可或缺的一种"仪式"，乃至成为腐败的温床。时值中央八项规定出台一年，酒桌上的不正之风是否得到了遏制？让我们跟随作家马语，走进一个中国版的"杯酒人生"……

2014年1月21日，这期《北京日报》的第18版，整版摘登了《消逝在酒馆里的岁月》。有数位评论家发声，称此文为新时期中国写酒第一散文。

二十多年前，图书子背着铺盖卷到乡村小学教书，用微薄的工资订阅四五种大型文学杂志，当年的文学梦，就是自己的文章能变成铅字，写下的稿子能在地方、本省那些报刊上发表。他似乎就没敢想能在全国大刊上发表作品。以自己的文章发起全国大讨论，这一消息是在2013年9月就出来了，在在2014第一期《北京文学》从印厂出来前的几个月里，图书子心里几乎没有平静过，从北方天空下这座城市走过，萧萧落叶下，飘飘飞雪里，刺骨寒风中，心总不安。图书子下班常常不想回家，到处打电话约人，向酒馆走去。

这一辈子，也就这一回了。中国的写作者，有多少人一辈子能遇上这样一回？更不必说地方小作者。狠下决心，但没有犹豫，图书子向杂志社预订了一千本这期杂志。春节前，杂志回来了，图书子再次整理倒腾写作室，把原来的书清理走一些，把新来的几大包杂志全部安放到这写作室。几年过去了，这期杂志还有一大部分在这间房子里堆放着，幸好这次稿费多，买这一千本杂志也只花销了稿费的一半。

每一次，图书子都是这样不住地对自己说，还能再登上这样的高峰吗？其实，前面一次一次买回来的那些"高峰"，也还放着不少。图书子哪有那么多心思和时间到处跑着去给人送书？每次书、杂志拿回来，没多久，当初买书以送人的那种"狂热"就消失得无影无踪。所有一切都沉浸在一部史诗的写作之中，如同宗教信徒那样一步一磕头走向那神圣的麦加。

读万卷书，行万里路。

北方，临近春节，依然是天寒地冻。图书子得到一个信息，悄然从办公室溜出来，奔向大街，寻找一本书。那是一盏灯！鲁迅所说的那盏灯。先生曾言："文艺是国民精神所发的火光，同时也是引导国民精神的前途的灯火。"

往前走，最有可能有杂志的一家书店，走到了却锁着门。再往前不远是新华书店，但图书子知道那里不会有这类杂志的。折转身往后走，街道上走的人都忙于办年货，到处花花绿绿，沿街那几家小书店还开着，却很是冷清，图书子一一进去，一眼就看到没有杂志。

那是刚印出来的一本与这个城市有关的杂志，里面最重要的一文，有一部分篇章论述此地，也点到了图书子，杂志不一般，撰文者是京城里中国文学界一位大师。

而此刻满大街却没有一个人知道这事。

希望不知在哪儿？会飞的灵魂却似先于图书子马上就要和那本杂志会面。图书子的耳朵都冻得有点疼，两只手不敢从兜里往外掏，怀里却揣着一团火，继续往前走。那个希望，真的就摆在面前了，他却是在架前踟蹰："就这一本吗？"店老板："只有这一本了，我们每期只进一本，多了卖不掉。"图书子很想挑引年轻店老板说些话，知道吗？为什么我要来买这本杂志，但几次欲言又止。不，是图书子把想说出的那些话牢牢按在心底，并未让它到嘴边。刚一走出店门，图书子就于街道边一个人不多的地方站下来，急不可耐地打开杂志，反复翻看、端详。此时的图书子心潮澎湃，独立于城市的街边，心神早已飞回到故乡河神岭。寒风已夹带着春的气息，似乎能看到那个戴乍耳破棉帽的老人，提着柳条的筐子，在前后的村道里转着拾狗粪牛粪……一忽儿是秋天山梁上那金黄的谷子穗，披着红纱巾一样的高粱地，区应二爷家的庄稼无论种在哪座山头上都长得最发旺。图书子正是吸取了区应二爷在土地上的劳作精神，几十年如一日在书本、稿纸上耕耘。在文学书本里与全世界那些高贵灵魂的对话，又让图书子明白，一个人的情怀、胸怀和气质都是从读书而来的。铁凝曾言："上世纪 70 年代初，我还是一个少年，偷偷读到一本书，是法国作家罗曼·罗兰的《约翰·克利斯朵夫》。记得译者的题记是这样两句话：'真正的光明决不是永没有黑暗的时间，只是永不被黑暗所淹没罢了；真正的英雄决不是永没有卑下的情操，只是永不被卑下的情操所屈服罢了。'这两句话使我深深感动，让我生出想要为这个世界做点什么的冲动。"这种冲动同样出现在图书子身上，他要为生养自己的这片土地写史。

这座城市的"文化长官"，多年前就是享誉小城的文学青年，中年后一跃进入政途，现在彻底搁笔，但当年那"大文豪"的名气还在这座城里流传。说来也怪，"文化长官"过一段就会想起约图书子喝两杯。虽是他个人请客，却也全是好酒好烟。酒桌，明白地体现出了不同文人的气度。推杯换盏，喝酒的气氛热烈，只是没喝几杯，他那部手机就响动，先是震动，再不理就开始唱响。图书子看一眼放在桌上的四五个人的手机，自己的最高档，是最新的苹果手机，却是个哑巴，从头到尾没响动一下，不免黯然神伤……

喝酒间，"文化长官"几次问图书子，你写那么大部头，谁看吗？茅盾文学奖那一套书，又有几个人买？我买，但我不看。其时第九届茅盾文学奖刚出炉。他完全一副语重心长的样子，指导、规劝图书子先不要写大部头，就写散文的小篇章。图书子无法理解"文化长官"硬要向自己说的这些话。年已过四十岁，图书子却像依然活在青少年时期的梦里，一直坚守着曾经的信仰：文章千古事，一部好书，可以影响许许多多的人，《老人与海》中圣地亚哥的心灵通向全世界；《钢铁是怎样炼成的》关于"人的一生应当怎样度过"的追问，令无数人终生难忘，保尔·柯察金身上的钢铁意志、革命精神深深地鼓舞和影响了亿万读者……

但对现实，图书子自己心里也是很清楚的。从这座城市走过，你能看到有人手里抱着一本大部头小说吗？从这座城市的机关单位走过，你又见几个人案头摊开着一本大部头的书？看书学习，只是乱七八糟翻翻报纸，读书就是翻个十来页。叶公好龙，一本大部头的小说，恐怕拿起就害怕，更不必说让他们自己掏钱买一本了。

书生情怀如同那黄土山路上泥土一样的纯朴。每回到故乡，图书子总是要到区应二爷的场院去看望这位二爷的。图书子比二爷本人更迷恋那些农具，挂在院墙木橛上的弯镰；被一茬一茬庄稼根底的黄土磨得银亮的锄头；柳木车辕，前后几处拧了粗铁丝加固，走在山路上仍"吱吱嘎嘎"响的那辆老牛车……无论天晴天雨，图书子总会坐二爷的牛车到山野田土上劳动上一两回。

坐着一辆牛车向这尘世走来，无论现实多悲观，图书子义无反顾，一条道往黑走，欲为养育自己的这片土地立传，在一部厚书里呈现、记载这片土地这几十年的社会风貌。万里长城，千千万万的古人在修，而图书子心中那座气势宏伟的城堡，完全是自己一个人在修筑，那像砖头一样的每一个方块字，颠来倒去，几乎都要反复地过手多遍。三伏天，吃了几十服草药，还不行，图书子头部火气乱窜，该死的耳朵鸣叫不止，又找了神经科专业的医生，诊断出脑神经、脑血管局部可能被损伤。然而写作是不能停的，图书子趴在那间黑屋子里，要用五年甚至更长时间打磨一部书，案头那厚厚的稿子，是前三年用汗水浇灌出来的果实。故乡的山梁上，区应二爷用一生的汗水在浇灌那些土地，从那里出来的图书子有什么可悔的？

心底蓄满憧憬。

坚信知识就是力量，知识就是财富！一个民族亦如是，历数那些繁华盛世莫不如是，读书是全民族文明的走向，读书是一个民族精神发育的高度。

图书子一直记着一位大师给自己说过的这句话。当年在省城上大学，为了借一卷《人间喜剧》，硬是排了两三个小时的队；也曾在图书馆把爱不释手的几万字的一篇文学作品抄下来，为了可以反复阅读。冬天，河神岭村西那石磨边屋墙下，几颗小脑袋簇拥在一块看小人书，那是孩子们挖草药卖得的钱，去菜园沟供销社买的小人书；有草木的季节，山野水畔，牛羊们自由啃草吃，牧童们躺在一块大石头上，反复地翻看着那些破旧的小人书。童年的记忆，或许可以影响一生，还记得上大学时逮住一本书，舍不得看完，一本厚厚的书，一天看一部分；当然也有，那么厚一本大部头，一天一夜就给看完的，人家第二天就要让归还。那时候，人们为一本文学的书，奔走相告。

一个金色的北方之秋，图书子在报纸上读到习主席的文章，当年他在延川插队时读书的回忆："在访问德国的时候，我跟他们讲，我演讲中提到的一些东西不是谁给我预备的材料,确实都是我自己看过的。比如,歌德的《浮士德》这本书，我是在上山下乡时，从三十里外的一个知青那儿借来的。他是北京五十七中的学生，老是在我面前吹牛，说他有《浮士德》。我就去找他，说借我看看吧，我肯定还你。当时，我看了也是爱不释手。后来他急了，一到赶集的时候，就通过别人传话，要我把书给捎回去。过了一段时间，他还是不放心，又专门走了三十里路来取这本书。我说，你还真是讨到家门口来了，那我还给你吧。"习主席的回忆，很快让图书子想起前些年西班牙总统颁发的那道命令：政府免费赠送西班牙公民每人一本《堂吉诃德》。还有如前所述的以色列、匈牙利，小小的国家，全民勤奋读书，于书本中寻找、获取智慧和力量，将原本不起眼的小国变成世界各国都敬佩的"大国"。

图书子始终不相信自己走错了方向，选错了道路。春去春还回！那是文学的春天！

这时，大地上的灯火渐暗，月光却银亮，从城北高楼的这间窗户泻进来，青灯下图书子的身影弥漫一地；抬头，窗外正是繁星满天。

汉书下酒而流芳

庆历四年春，滕子京谪守巴陵郡。越明年，政通人和，百废俱兴。乃重修岳阳楼，增其旧制，刻唐贤今人诗赋于其上。属予作文以记之。

范仲淹这千古名篇可谓无人不能诵读。然知其是何人所书？苏舜钦是也。历史烟云深处这位自号沧浪翁的北宋大才子，其实故事也很多。

早在苏轼父子出川成名之前，大宋朝已有"三苏"，他们是以文才和书法名扬天下的铜山（今四川中江）苏易简、苏舜钦、苏舜元祖孙三人。祖父苏易简于太平兴国五年（公元980年）举进士时，夺得甲科第一，孙子苏舜钦后来成为北宋古文革新运动的先驱，深得当时文坛领袖欧阳修赏识，将他与宋诗的"开山祖师"梅尧臣并称为"苏梅"；并盛赞其书法"落笔争为人所传"。

如此才华横溢之人，自然是要步入大宋官场的。可这位苏翁又如何能料想到自己将来会因为一场"公款吃喝案"而改变了人生轨迹？

庆历四年（公元 1044 年）的春天，经范仲淹举荐，苏舜钦出任进奏院的提举。"提举进奏院"即主持进奏院工作。宋朝进奏院，是一个文书中转机构，将朝廷各部门的文件转发给地方政府，又将地方的文书分送给朝廷各部门，相当于现在中央办公厅的文书处。进奏院的日常工作就是转抄、拆封文件，每天都有一大堆封纸报废。"提举"一职可能为五品官衔，不过一个年轻人，能得到当朝宰相、副宰相的赏识和重用，前程可想而知。

当时北宋的皇城汴京有个习俗，每年的春天、秋天都会举行一次"赛神会"，京城里的人家全部出来，祭拜神灵，祈求福康。这时候，六部衙门里的大小官员也会凑在一起，大家一起吃吃喝喝热闹一番。苏提举刚好赶上了这一年秋天的"赛神会",自是要邀约或仰慕已久或相见恨晚的京城里那帮才子官人,来一场宴饮。没想到这场酒喝出了事!

北宋建立后,宋太祖非常重视吏治问题,不只以身作则,控制大吃大喝,减少宴请花费,为北宋官员树立了榜样;还在体制内反对公款吃喝,无论君臣必须严格遵守财政纪律,只要违反就严格问责。

这场聚会的钱从哪里来呢?他与右班殿值刘巽商议,把进奏院拆百官奏章的废纸卖掉换点钱,卖废纸的钱肯定不够,苏舜钦就号召大家多多少少拿一点钱出来,自己带头先掏出了十贯钱。酒钱餐费凑够了,众人就找了酒家,点菜沽酒,开怀畅饮,纵情狂欢。都是京城里的文豪才子,政见相趋、意气相投,宴会上歌吟作赋、针砭时弊,好不快活!喝到高潮处,又叫来了几名歌伎,歌舞艳饮,喝了个不醉不归。

这是同僚王益柔现场创作的诗词一首:

九月秋爽天气清,祠罢群仙饮自娱。

三江斟来成小瓯,四海无过一满壶。

座中豪饮谁最多，惟有益柔如酒徒。

三江四海仅一快，且挹天河酽尔吾。

漫道最后无歇处，玉山倾倒难相助。

醉卧北极遣帝扶，周公孔子驱为奴。

就是这场以饮酒作乐为主题的宴会，竟成了苏舜钦人生的重大拐点。

有一个人，很不高兴。当时太子中书舍人李定听说后，也想出钱参加，李定是受父荫而得官，文人都清高，苏舜钦打心眼里瞧不起这人，还说了讥讽的话，说他是上不了正席的"蒸馍饼夹"，将李定拒之门外。被羞辱了的李定，郁气难平，恼羞成怒，于是到处打听这次聚会的情况，将苏舜钦公款吃喝、招妓玩乐的腐败行为添油加醋，编造出不堪入耳的谣言，到处传播，弄了个满城风雨。参加宴饮并受到牵连的梅尧臣事后作诗："客有十人至，共食一鼎珍，一客不得食,覆鼎伤众宾。"这里的"鼎"即是李定的"定"的谐音。

李定只不过想坏一下刚进京城的苏舜钦的名声，出出气罢了，没想到这些谣言却传到了御史中丞王拱辰的耳朵里。

王拱辰是吕夷简的人，吕夷简任人唯亲、拉帮结派，属结党营私的领军人物。范仲淹"庆历新政"的首要所指就是"整顿吏治"，矛头直指吕夷简和一些权贵官僚集团的既得利益，那时被触怒了的吕夷简一帮人极力反对搞"庆历新政"。就是在这样的气候下，苏舜钦上书皇帝，顶风声援范仲淹。

醉翁之意不在酒，除掉苏舜钦，便可动摇杜衍（苏之岳父）、范仲淹、富弼的地位，直到废除庆历新政。欧阳修一眼看穿"其击而去之者,意不在子美也"。（欧阳修《苏子美文集序》）王拱辰经过组织材料、罗织罪名，最后将这个案子做成了铁案，上报给了宋仁宗。宋仁宗一看，堂堂一群朝中官员，不仅在上班时间公款吃喝，而且还召妓，不禁龙颜大怒，定苏舜钦"监主自盗"之罪。历史在后来也证实了这一点，庆历五年（公元 1045 年）正月，参知政事范仲淹罢知汾州，平章事枢密史杜衍罢为尚书右丞知兖州，这就是有名的"百日宰相"事件。

历史常常会重演，就是这个李定在多年后又告发苏轼讽刺新法，诽谤皇帝，制造了北宋有名的"乌台诗案"。苏轼被关押140多天后释放，被贬往黄州。出狱后苏轼大骂李定是"少年鸡"，小人一个。

庆历五年，"削籍为民"的苏舜钦离开"心志蟠屈不开"的东京汴梁，来到"耳目清旷"的江南苏州，与五代时吴越国广陵王钱元璙近戚中吴军节度使孙承祐废弃的池馆不期而遇，四万贯钱将之买下，傍水造亭，因感于"沧浪之水清兮，可以濯吾缨；沧浪之水浊兮，可以濯吾足"，题名"沧浪亭"，自号沧浪翁，并作《沧浪亭记》。欧阳修应邀作《沧浪亭》长诗，诗中以"清风明月本无价，可惜只卖四万钱"题咏此事。自此，"沧浪亭"名声大振。

闲云野鹤，洒脱无羁，却依然没有离开酒，是自我麻醉，还是幡然醒悟？还是二者兼而有之？

苏舜钦这样"志节高尚、才气非凡、名重天下"的官宦子弟，岂会甘心就此隐匿民间混迹于市井众生之中？

他在《独步游沧浪亭》中笑傲尘世：

花枝低欹草生迷，不可骑入步是宜。

时时携酒只独往，醉倒唯有春风知。

也写下十分不甘和万分无奈的《对酒》：

丈夫少也不富贵，胡颜奔走乎尘世。

予年已壮志未行，案上敦敦考文字。

有时愁思不可掇，峥嵘腹中失和气。

侍官得来太行颠，太行美酒清如天。

长歌忽发泪进落，一饮一斗心浩然。

嗟乎吾道不如酒，平褫哀乐如摧朽。

读书百车人不知，地下刘伶吾与归。

沧浪亭下闲居三年后，不堪寂寥，苏舜钦于庆历八年（公元 1048 年）上书鸣冤。

立德、立言、立功，历代中国士大夫的人生理想是作官。特别是深受范仲淹影响的苏舜钦，灵魂深处就有"居庙堂之高则忧其民，处江湖之远则忧其君"的仕子之道，自是染习了"先天下之忧而忧，后天下之乐而乐"的济世精神。不过帮他东山再起的好像还是他后来的诗文与才气，这一点从滕子京身上就可看出来一些。庆历八年，朝廷为苏舜钦昭雪，复职为湖州长史。

虽说士大夫的人生追求，绝非只是文章辞赋个人成就，不过若没有削职为民、谪居沧浪亭这些岁月，苏公在艺术生涯上肯定是不可能留下这些辞赋佳作的。世人怕是也不会在文学艺术上给他如此高的评价：北宋诗文革新运动的骨干分子。时人常将他与欧阳修放在一起，并称"欧苏"；或与宋诗"开山祖师"梅尧臣比肩，合称"苏梅"。《宋史》说他："时发愤懑于歌诗，其体豪放，往往惊人！"例如苏舜钦的《水调歌头·沧浪亭》：

潇洒太湖岸，淡伫洞庭山。鱼龙隐处，烟雾深锁渺弥间。方念陶朱张翰，忽有扁舟急桨，撇浪载鲈还。落日暴风雨，归路绕汀湾。

丈夫志，当景盛，耻疏闲。壮年何事憔悴，华发改朱颜。

拟借寒潭垂钓，又恐鸥鸟相猜，不肯傍青纶。刺棹穿芦荻，无语看波澜。

人生起伏，命途难料。不过历代文人、史家在读苏公时，这一页肯定是很难翻过去的，准会为沧浪翁的豪饮而感慨万千。

苏家的饮名曾经就惊动过君王。祖父苏易简在太平兴国五年科考时中状元，洋洋三千余言，一挥而就。太宗览毕，甚为赞赏，曰"君臣千载遇"，擢为甲科第一，苏易简遂以文章名扬天下。时年仅二十二岁。苏易简中状元离开铜山，铜山人为纪念这位蜀中第一状元，将百年名酒"宝峰春"奉为"状元泉"，官府也禁止百姓自行酿造该酒。"宝峰春"原系铜山当地土酒，以山丘蜀黍（今名高粱）、小麦为料，取山麓龙隐洞清泉，经过选料、入窖、培菌、糟化、发酵、轻烧、清蒸等六六三十六道工序酿制而成。相传当年刘备入主西蜀后，百姓以自酿土酒犒劳，在会师的一座大山上，诸葛亮饮此酒后，如沐春风，连声赞叹不妨称作"宝峰春"

吧！从此铜山百姓地方土酒有了名号。

苏易简进京作官，家乡民众不管是不是相识，都会想方设法带去一些"宝峰春"，表达思念和慰问之情。苏府还为此立了一个规矩，只有当家乡有新酒送到时，才可以开饮前一批送到的酒，这样，苏府始终都有"宝峰春"。这说起来是在珍藏一种美酒，其实更多的还是在寄托一份相思！

太平兴国八年（公元983年）始，苏易简以右拾遗知制诰，连续七年主持贡举，公正无私，深得太宗信任。

问题出在好饮，史书记载苏易简经常处于微醉状态。宋太宗惜爱他的才华，时常告诫他不要过量饮酒，还亲自动手专门草书《劝酒》《戒酒》二章，令苏易简当着其母薛氏的面诵读三遍以自警。在此后的很长时间里，苏易简的酒大有收敛，只要是去见皇帝，那绝对是不敢有酒气的。江山易改，本性难移，太宗至道元年（公元995年），苏易简因为酗酒，被同僚弹劾，罢为礼部侍郎，出知邓州（今属河南），不久又移知陈州（今河南淮阳）。那里天高皇帝远，他更是豪饮海喝。至道二年（公元996年），还未到不惑之年的一代文士，终因贪杯，撒手人寰，太宗闻讯，亦悲叹不已："易简果以酒死，可惜也。"后追赠苏易简为"太师尚书令"。

史书和其他文字里没有苏舜钦父亲苏耆是否嗜酒的任何记载，不过苏耆书法"出入钟、王、怀素而自适天然之趣"。一手绝好的草书，若无酒的助燃，行走龙蛇，吞云吐雾，恐难献生机与灵光。

苏门的香火传到苏舜钦这里，是没有记取祖上的遗训，还是长江后浪推前浪之势？一生喝酒无从计数，竟有两次记入了稗史官书，为其祖辈和众多文人墨客所不及。"公款吃喝灯红酒绿"前面已述，"以书佐酒"，则演绎了文坛才子一个传世典故，"汉书下酒"，苏家又将饮名留在五千年文学史之中。

以照律法，离任守制，景祐二年（公元 1035 年）至景祐四年（公元 1037 年），苏舜钦一直在长安居丧守制，缅怀父恩。这年冬末丁父忧结束，苏舜钦回到京都汴梁，等待朝廷重新起用。这时候，贵为正三品龙阁学士的杜衍主动把女儿嫁给苏舜钦，苦尽甘来，春光无限，新婚后的一段时间，夫妻俩就住在杜家府上。

三十而立的苏舜钦，在重出江湖的美好期待中，更是发愤苦读。至深夜而不倦。读到兴奋淋漓之处，情不自禁喃喃自语就罢了，有时候还会边读边饮酒，及至拍掌欢呼、手舞足蹈。杜老爷自是不相信府上人的议论，从古就是读书品茗，哪有什么读书喝酒的？再说没有下酒菜，那酒又有什么滋味，谁能喝得下去？就连夫人也不断地在他耳边唠叨这事，言语之中含了不尽关切与忧虑。杜老爷不得不暗中吩咐他的贴身家童在夜里悄悄留意观察，以探出个究竟来。

这一夜，杜府灯熄人静，只有苏婿的房子还亮着灯光，家童有老爷的授意，悄悄绕到苏婿的书房外，听到里面有说话的声音。铜镜似的月亮挂在杜府外的天际，如水的月华从房檐翘角洒下来，家童怕影子投到苏婿书房的窗户上，只能躲在墙角，尽量把身子探出来，侧耳倾听，原来是苏婿在诵读，抑扬顿挫。家童把身子再往窗户前探了一下，一不小心把影子投在了窗户纸上，然而里面的人丝毫都没觉察到外面有人，还在忘情地诵读，及至家童用蘸了唾液的手指捅破了一点窗户纸，苏婿依旧那样拿着那本《汉书》

摇头晃脑地读，还有时突然停声抬头凝思，人像定格在了一个瞬间。当读到张良为替韩王报仇，以重金雇刺客在博浪沙用大铁锤狙击秦始皇，一击未中，仅只砸碎了秦始皇的副车时，难以自抑，把书扔在桌上，猛然挥手在桌上重击一掌："击之不中，错失良机，实在可惜！"话毕，长叹一声，提起桌上的铜酒壶，猛饮一口，接着往下诵读："当年你在下邳起兵讨秦，我有幸同你风云际会，你对我言听计从，这是老天特意安排我来辅佐你呀！"此时的苏婿一定是大为感动，只见他轻抚桌沿，自言自语："刘邦有张良出谋献策，真乃如虎添翼。君臣之间这样一体同心，那是三生有幸啊！"说完仰项一饮，这回是高兴到哈哈大笑……而未发觉窗外的家童在偷听，家童趴在窗外像看皮影戏，一人、一椅、一桌、一灯、一卷书、一坛酒，书是《汉书》，酒是家乡捎来的"宝峰春"……

杜老爷听了家童的禀报，倍感欣慰！在府上大加赞赏爱婿："《汉书》，经典也！宝峰春，美酒也！有这样好的东西下这么好的酒，真乃人间壮举，哪怕喝一斗也不算多哟！"

"汉书下酒"记载于宋人龚明之的《中吴纪闻》里，

元人陆友《研北杂志》、明朝张岱《夜航船》也都提及此事。历代文人多有追随者，南宋陆游在他的诗里这样写道："犬吠船丁归，小市得美蔬。欢言酌请醨，侑以案上书。虽云泊江渚，何异归林庐。"（醨者，清酒也。）晚清礼部侍郎宝廷也有诗："《离骚》少所喜，年来久未温，姑作下酒物，绝胜肴馔陈。愈读饮愈豪，酒尽杯空存。"现代文人汪曾祺回忆闻一多讲《楚辞》时的开场白就是："痛饮酒，熟读离骚，乃可为名士。"丰子恺先生在《山高月小》一文中也写："我觉得世间最好的酒肴，莫如诗句！"

"汉书下酒"是大宋文豪苏舜钦留给酒的美谈，反之看也是酒"包装"一位才子的佳话，千年流传的典故，其影响力甚至远远超过他的仕绩与诗文。

宦海沉浮，沧浪却濯出了名篇佳句。

"予时榜小舟，幅巾以往，至则洒然忘其归。觞而浩歌，踞而仰啸，野老不至，鱼鸟共乐。……予既废而获斯境，安于冲旷，不与众驱，因之复能乎内外失得之原，沃然有得，笑闵万古"，苏公的这篇《沧浪亭记》，又怎么不可与欧阳修的《醉翁亭记》相媲美？

赞赏的文辞亦频见叠出：沧浪之歌因屈平，子美为立沧浪亭。亭中学士逐日醉，泽畔大夫千古醒。醉醒今古彼自异，苏诗不愧离骚经。（北宋杨杰《沧浪亭》）

也许正是在沧浪清溪边创作的这些名篇佳作，再一次改变了苏公的命运，让他名留青史。

岳阳楼上留墨宝。提到岳阳楼，世人首先想到的就是范仲淹，"先天下之忧而忧，后天下之乐而乐。"这句话出自《岳阳楼记》，也是范仲淹终身的追求；这篇古文，这句"名言"，让范仲淹名垂后世。范公的这篇文章也成就了滕子京，要不然在华夏几千年历史上，有几人会记得这样一个小小的人物呢？

岳阳楼建造起来后，滕子京首先想到的是想请名震朝野的范仲淹著文记之。范仲淹与滕子京同朝为官，一同主张改革，先后被贬出京。范仲淹谪守邓州后，惩贪官、建学府、重农桑、兴水利，不几年百废俱兴。这时四方逃荒的人很快涌入邓州，生灵涂炭，极大地触动了范仲淹，身为百姓的父母官，仅只治理好一方是不行的，只有当整个国家富裕了，百姓才能安居乐业。从朝廷重臣到被贬后主政一方，一代名臣的精神世界在此时经历了新的洗礼，为官者应有"先天下之忧而忧,后天下之乐而乐"的高贵品质，他将这难平的心潮写成一份奏折，准备送往朝廷。恰巧在这时候滕子京的信使来了，范仲淹转而将给朝廷的奏折改写成《岳阳楼记》，不妨将自己的宏伟抱负先挂在山水间。

范文还未送离邓州，就声名大作，人们争相传抄，说不好将来必有洛阳纸贵之势。滕子京接到后自是欣喜万分，哪止是大大超出他的期望，他决计将范仲淹的"记文"刻于石碑，全文呈现,供世人观赏,留后人记怀。等不得天明，他就提笔给范仲淹写信，恭请一并代劳把"记文"给亲笔题写了。范仲淹见到信后，也极为审慎，首先就想到了让欧阳修来题写，借欧阳修的名望锦上添花。欧阳修接到信，想到的却是还在落难的朋友苏舜钦，于是雪中送炭，又回了一封信，向范仲淹推荐了苏舜钦。

这篇文章不同，拿到范大人亲自抄录的原文，苏舜钦没有及时动笔，揣着范公的手迹，在他的沧浪水畔吟诵至默读，琢磨了好几天。他不是只为范文的磅礴气势所震撼，也隐隐感到，欧阳修推荐他来手书范文，还要刻写在岳阳楼上，一定别有用意。

不以物喜，不以己悲；居庙堂之高则忧其民；处江湖之远则忧其君。是进亦忧，退亦忧。然则何时而乐耶？其必曰"先天下之忧而忧，后天下之乐而乐"乎。怕我从此颓废，这不是他们在有意唤醒我么？永叔一片苦心啊！不过还是没急于动手，又一连数日，沧浪翁反复吟诵，体味范公这一次的这一篇旷世大作。期间他寻人从老家捎来了一大坛"宝峰春"——牵连着苏门几代人多少情思意绪的玉液琼浆——在一个蓝天浮着白云的上午，将最好的益州麻纸铺开在沧浪亭下的长桌上，特意要夫人杜氏磨墨，打开从故乡带来的这坛"宝峰春"，目望天际云朵和面前的秋水微澜，连饮几大碗，方挥笔疾书，三百六十余字，若洞庭碧波，浩浩汤汤，在麻纸上荡漾开来，整幅字虚实益彰，晖荫交错，气象万千。

同样书作还未送离沧浪亭和苏州，就引来满城的赞誉！沧浪翁嘱咐杜氏用家中仅有的一段梓州红绫将书作包裹好，提请一位官差帮忙送往岳州。滕子京拆封后将书作铺开在桌上，双目放光：补写怀素《自叙帖》的苏子美果然不同凡响。他很快去约请大宋著名石刻家邵竦刻字上碑，岳阳楼"四绝"横空出世：滕楼、范记、苏书、邵刻，名扬天下。

苏舜钦去世后，欧阳修将杜国公转来的爱婿的诗文遗稿逐一审读，并给范仲淹、蔡襄、余靖、梅尧臣等朋友去书，四处收集苏舜钦的诗文，编成《苏氏文集》十卷，亲笔作序。序文所述："斯文，金玉也。弃掷埋没粪土，不能销蚀。其见遗于一时，必有收而宝之于后世者。"

昔人已去，园林还在，数易其主，终回沧浪，与沧浪翁的辞赋、故事一样依旧在流传。曾任江苏等地巡抚、与林则徐一道抗英禁烟的清人梁章钜，再将欧阳修和苏舜钦二人的诗句镌刻于亭柱上：清风明月本无价、近水远山皆有情。千年后，沧浪亭被列为世界文化遗产。

本文参考了《沧浪翁苏舜钦》，许晓轫著，国际文化出版公司

醉了的人生

　　从二十岁开始"涉足"酒场，我喝了多少酒，醉过多少回，无从计算得清。

　　喝醉酒做过多少荒唐的事，说过多少胡话，更不好计数，不敢回想。

　　2010 年《人民文学》杂志刊发我《消逝在酒馆里的岁月》第一稿，就是那年的春节前后，出台了禁止"酒驾"政策，我是忠实的执行者，几乎没有在酒后驾过车，也常常劝一块喝酒的朋友们，最好把车就停在酒店和饭馆门前，明天早上再来取。

　　仅有的一次"醉驾"，教训也够惨痛了。

　　那是在禁止"酒驾"政策将要出台前，在煤海大酒店，这座城里的写作者聚集在这里，纪念本土籍的一位全国著名作家去世 20 周年，活动搞得很热烈。有这么多人聚集在这里，真诚地缅怀和追思一位已故作家，我辈感慨万千，更为自己迟来而愧疚不已，我是近中午 12 时在外面办完事，顺路过来的，露个面，没准备喝酒，就把车停在了路边。一进得大厅，大家热情很高，一个一个敬酒，推杯换盏。后来回想，我从酒店下来，走到车前开门上车那阵子，人还行。开车走动晃荡一会儿，大中午的，酒劲"呼"地就涌上来了。有几个交警过来挡我，我不知骂过他们，还是向他们说了讨好的话，都没印象了。

其实，这是我的一个小兄弟事后给我的复述，那天我给他打电话，说喝醉了，要他赶快来接我。为了快，他打了一辆出租车找我。但我什么也说不清，一会儿说在这儿，一会儿又说在那儿，他追过去却没有看见我车的影子。最后他是在我常停车的地方找到我的车，前保险杠蹭烂，车牌都快刮得掉下来，当时我在车里睡得如烂泥。

其实，在我们这座城里，交通是实在不便。公交不是哪里都到的，到现在我们这里大多数人还没有坐公交车去吃饭的习惯。打车又太难。一次，我在路边等着打车，听见同样站这里等着打车的一个操外地口音的女孩给人打电话说：这里的车实在太难打啊，这座城市的出租车，路远的地方不去，路不好走的地方不去，人少的地方不去，人多拥挤的地方不去，不想去的地方不去。女孩的表达能力挺不错的，这正是我们这里打车的现状。而且所有的出租车都拼座，一路上拼，见你要是一块儿站着两三人，你再怎么招手他们也不会停下来，的哥眼睛很毒。风雨雪天，那就更不用说了。所以，那些年，好多人吃饭喝酒时都开着自己的车。

那天我和国民喝完酒，本已喝了不少，其实也到了醉的边缘，可都还觉得没尽了兴，于是一个醉汉坐着另一个醉汉开的宝马，醉眼矇眬，从喝酒的东城区一直转到西城区，还没找着一家娱乐场，连个唱歌的地方都没有。那是2014年。

古往今来，酒与诗歌、与荡气回肠、与壮怀激烈、与视死如归，都有着千丝万缕的联系！

更易纵情。

豪情、才情、爱情、色情……

许多时候，第二天，我不知道自己昨天最后是在哪里唱的歌，喝的酒，更回忆不起来我是在什么时候，又是怎么回的家。怎么请假？我硬着头皮给单位领导打电话，说有事过不来了。经常这样，连我自己都很不好意思，无法给领导交代。我十分清楚，领导不用想也能知道我为什么没来上班，因为这样的事，已不是一回两回了。一连两天没上班，我在家中全身痛苦得坐不成，卧又不能，特别是大脑，如一颗被打烂的西瓜，全身都是说不清的疼痛，说不清的麻木。但我能清晰地意识到酒精的毒素如无数带毒的细菌，黑压压地吸附满我全部的大脑组织。一个可怕的意识，时不时就出现在我心头，说不准一口气上不来，就永远不能再醒过来了。

这是我们这座城市许多人必有的人生"履历"。无法记清有多少次，从酒店出来挣扎着跑回家，一头倒在床上再没起来。我睡得像死人一样，胃里却翻江倒海，我的脑袋简直像岩浆剧烈"活动"的地壳，要迸裂。这一睡就睡到了天黑，我强挣扎着下地，喝了两碗稀饭，在妻子的骂声中又滚回到床上，蜷缩在被窝里。第二日，我曾几次回到办公桌前，但精力无法集中起来，大脑虽不像昨天那样疼，但仍覆着一团雾瘴，情绪阴郁，整个身体都有气无力，完全像是一个重病在身的人，什么也干不成，又在床上睡了整整一天。

有时候，酒醉误的是一生的大事。早年的一个秋天，我们这座城市通过考试提拔一批干部，我本不够资格，因有市上领导看我在全国性大刊物上发表了文章，在考试前一天，同意我破格参加这场考试。为了庆祝这一大喜事，朋友们纷纷打电话祝贺我，那天大家给我敬酒，我给朋友们敬酒，已喝了很多，之后又"打通关"，我也不知喝了多少杯酒。第二天我没有到考场，而是住进了医院。

是悲哀还是悲壮？一言难尽。

这些年，这样的痛苦历经了多少，我无法说得清。曾暗下决心，再也不喝酒了。曾在单位办公室和外面的许多场合许多朋友面前，郑重"宣布"再不喝酒。然而，那样的誓不知发了多少回，正像我无法算清我喝醉了多少回一样。正如民间流传的这首酒鬼诗：

不去不去又去了，

不喝不喝又喝了，

喝着喝着又多了，

不多不多回家了，

骂着骂着睡着了，

睡着睡着渴醒了，

喝完水后又睡了，

早上起来后悔了，

晚上有酒又去了。

在酒桌上，这座城里的名人，总是坐在主要位置，让人们那样抬举着。我尽量地控制自己喝酒，一般是不会比别人多喝的。在酒桌上，从未和人不悦过。只是回到家，不知怎么的，总是安稳不得。

喝完酒回家里，我最想要的是，妻子给我打盆洗脚水，再给我铺好床，盖好被子，让我安安稳稳地休息。我出去喝酒也不容易啊，我今天还是喝得少的人呢。我是为这个家出去喝酒的啊，又弄到了一笔小收入，和人家已经说好了；或某一件要办的事，基本和人家谈妥了。

实际的情形却常常相反。印象中每喝完酒回家，没有一回是相安无事的，每回都少不了吵闹，有几回还大打出手。尽管是那样，妻子常挂在口头的一句话：只要你喝酒回来，我一夜不得安睡，得听你的动静。有时一夜起来几回，走到床头，摸摸看你还出气不出气了。

红尘滚滚，那么劳累，费尽了心，家是多么温暖的港湾！总想在外面喝了酒，回来安安稳稳地睡在妻子身边。可是，命运偏偏不让，即便不吵闹的时候，妻子也嫌我打呼噜。因为特别劳累，再加上喝了酒，我常常鼾声如雷……

每一次，究竟谁是谁非，因为自己醉了，都无法说清。妻子说她以后要用手机把我喝完酒回来的无理取闹录下来，只是也没见她录过一回。四十多岁的人了，只好再央告妻子，我一个人睡一间房子吧，我要是喝了酒回来，你要是看我醉了，千万行行好，别和我说什么，让我安稳地一个人在一间房子里睡了。原来还以为，家是温暖的港湾，醉了回来那么痛苦，让妻子扶一把，坚持多年的这个念头，现在不得不彻底打消。我央告妻子，让她离得远远的，以免吵起来，自己一个醉汉，一失手，难免造成更大的伤害。我确实已下了决心，要是外面有个住的地方，那我晚上酒后，就不回家了，去那里躲着住一晚上。

就这样瞎折腾一顿，第二天一切照旧，一家人洗漱、做早点，穿插利用时间、空间，叮叮当当、稀里哗啦一番，然后去往各自的学校和单位。

时不时，就听到身边哪个同事或好友，检查出了某某疾病，我就更害怕，人家不喝酒身体都那样了，自己的身体，多年来天天酒中泡，怎么能不出问题？连着喝过两三天酒后，回家连楼梯都爬不上去了。

我们离喝死有多远

那是刚到这座城市不久，周末闲逛时，在一家医院院子里，我曾目睹了这一幕：从急诊楼里抬下来一个男子，一个女人从医院大门里一进来，看着白布包裹着的担架，就是一声惨烈的号叫。听围观的人说，死者是个小生意人，死前陪客户喝了一天的酒。他的妻子见到他尸身的第一句话就是：天啊，你叫我的孩子怎么办呀？是啊，没有父亲的庇护，在这人世间，一个孩子这一生怎么往下走？

再看这个人死得多冤，这也是在我们单位附近发生的事：他是一所中学的语文老师，喝酒间，出来小便，周围不见公厕，他就走进一座正在施工的大楼中撒尿，没想一脚踩空，一头倒栽到地下室没了性命。其实，在我们这座城市，多年来，光天化日在大街小巷撒尿的人到处都是，大多是醉汉。这个老师要是和大家一样方便，就好了。许多街角写着"在此小便者猪狗不如"，我曾看见两个正在撒尿的醉汉，大概还说着这样一些话：我们就这样尿了，不是眼睁睁被人给骂了吗？这一个给另一个指墙上那句话，另一个答：骂什么骂，你以为，我们比狗强？

一次与几位领导喝酒，领导喝，我还怎能推辞？我们相互敬酒，一杯一杯，一轮一轮。敬酒间一位副局长说："人，到什么年龄，就做什么事。我现在最想做的事是，抱孙子，你们年轻，该干什么，就干什么。"那天酒后，我们一伙人又开到KTV唱歌喝酒。只是，到了什么地方，到了哪个KTV，我什么都不知道，一点记忆都没有。

妻子则好多天，不能忘却那天他们送我回来那一幕：上衣反穿，裤带松开着，头也偏向一边吊着，口里掉着哈喇子……

我们那座居民楼，几年前，喝死过一个人。就在我喝酒大醉回来的第二天晚上十点多，楼下路口又撞死一个人。两周后，我们楼上收电费的老女人的儿子喝死了，她儿子住在离我们不远的一个小区。

星期六、星期天，整整两天，我在想着一个问题：我当时，说了哪些胡话？骂人的话，也倒不要紧，他们难道看不到我当场喝成那样？我怕我说了个人隐私，不能在场面上说的话。比如与某某领导有关的隐私，那肯定会传扬出去，甚至到处都在传，一旦叫领导听到耳朵里，那就坏了我的大事。一直想打电话问省报驻站朋友，也没勇气。说真的，喝成这样，我怨他，也不愿意给他打电话，尽管不是他有意让我喝成这样。

我感觉身体里存着大量酒精产生的毒素，我要把这些毒素排放出去，不只是毒素，简直装着一个魔鬼。就像《神曲》里，那个和尚与尼姑在暗夜里的对话。和尚：现在在我腰间缠绕着一条毒蛇，它时时刻刻折磨着我。尼姑：我这里有地狱，你把它打入地狱吧……第二日，我去北方大酒店见一位朋友，进到房间，朋友说，他昨天喝多了，浑身难受，想到酒店按摩中心让人按摩一下，边说边关门，我没再说什么，跟他走向那里。

从洗浴按摩中心出来，一片巨大的阴影铺在我面前，铺向很远的地方……我又不能向任何人诉说我心中这巨大的恐惧。两三天，我被一种恐惧死死地笼罩着，我的内心却又被"孤独"这两个字，无限地胀大撑破，流尽了血……

父亲在故乡的山路上遇难，给我们一家人，甚至一大家上百号人，造成多大的灾难啊？想想，我现在，为什么还那么不注意呢？酒后，睡在哪里，再也醒不过来怎么办呢？酒后，走在街道上，那些车辆不危险吗？陪朋友们上娱乐场，那都是玫瑰杀手，不也是与生命打交道吗？这也都是行走在死亡的边缘。我为什么还要去给我的亲人们，制造那黑色的灾难呢？

原本，我们的个体生命，几乎可以说无时无刻不面临着危险，甚至是死亡的威胁，这难道是危言耸听吗？本来就这样危险，我们为什么还不小心，冒此风险？走向那黑色的死亡之深渊呢？

"你现在已经成功了。你要的是下一段旅程中更大的成功！路是你自己的，目标也是自己的，你选择了更高的目标，这就需要坚守。但人生不单单是成功，还得有生命的乐趣，偶尔放开自己，与朋友们一起乐乐，又有什么错呢？"这是一位女士朋友给我发来的一条手机短信，初看很有道理，似乎能一下就让我几天来沉重的心得以释然。细想，这短信只是普通大众的一种心理，等于偷着安慰自己，避重就轻，甚至是对人生并不负责任的一种解释、安慰。

但，它是不是可以解释为那种大人生呢？

我不相信。

我常常这样怀疑，是不是老天在给一个人好处，让他成功的同时，也要安排他去做一些给他带来灾难的事，甚至是灭顶之灾？

几天里，我的四肢一直隐隐作痛。夜里睡觉，连着做噩梦：无端地梦见几个女孩，在大街上打架，打斗的场面实为骇人……我走在高高的悬崖边上，下面浑黄的河水恶浪滔天……

问题的可怕，妻子的认识和感受其实远远没有我自身深刻。只是，那么多喝酒的人，完全麻痹了我的警觉。就像混乱中，河水中奋力向对岸泅渡的那群角马，谁也不会去想自己的脚下就潜伏着鳄鱼。那么多人，天天都在喝，比我喝得更厉害。

　　但我有口说不清。接下来好些天，在家里吃过晚饭，我开上车，带上妻子，从老城区到开发区，大大小小的酒店，往过转①；从酒店门口的停车到进得酒店内，又从酒店内几层的走道里往过看，南北大菜到火锅店，大小馆子，到处都是觥筹交错，热气腾腾，人声鼎沸……

　　至今还记得多年前的这件事。春天一个周一的早上，我们单位的干部职工，三三两两陆陆续续向机关大门走进来。九点钟要开全局大会，讨论新一年的工作计划。全局干部职工都到了，只少了业务一科科长。当人们在宾馆的房间发现他时，他早就睡着了，是那种永远也醒不来的睡着，走到了另一个世界。

　　在春天的阳光照耀下，大地上残留的那些春雪，早已荡然无存。脱掉臃肿的冬装，女人们已穿起缤纷的裙装走上街头；在春风的吹拂下，这座城市街道上的古槐再次绽露出嫩绿的新芽，世纪广场上的桃花已开得一片火红！一

---

① 　往过转，指往这边转。

个朋友却永远地留在了黑暗之中。

　　清晨上班时间，从开发路北面过来了好多执花圈的人，队伍走得特别缓慢；街道两旁所有的人们，都在相互耳语，相互议论着什么。很长很长的送葬队伍中，很多人都是自发进来的，几乎都是同那位科长一起喝过酒的。人们都在惋惜："又一个好人死了，好人怎么就这样命不长呢？"

盛大无边流水席

又一个人死了，可他没给这座城市的人们留下一点什么。太阳还是从古城的东山上照下来，这座城市大大小小的街道上的车辆仍旧那样羊群般地穿梭往来着，大大小小的酒店门前，每天仍旧挤满那么多喝酒的人停下的小车。

有那么十多年，我们这里因地下资源大规模开采，经济迅猛发展，各项增长指标位居全省前列。但也有不少地方还很穷困，有些单位穷得连电话都用不起，锅炉烧不起，办公笔墨纸张买不回，干部职工只得轮流上班。

但经济成倍成倍增长毕竟是事实，消费大大提高已是"大势所趋"。所有的人都开始大吃大喝，各个单位都在酒店饭馆记着一沓欠条，好多人都是酒友、熟人。那些大大小小的老板，就是这样，也许是通过别人，在同一个酒桌上认识的。从此，他们就开始"常来常往"，老朋友没忘记，新朋友已交下，就这样，好多小老板变成大老板。

这话也要从前一些年说起。这座城市，钱一天一天多起来了；用官方语言是，经济实现了跨越式发展。经济的发展，社会的进步，更明显地体现在酒桌之上，这样一座不大的城市，酒楼林立，海鲜都是空运而来，菜蔬一年四季都一样鲜嫩……

酒店里，私人请客的比例迅速增大；当然，也包括公务宴请。全市上上下下认真研究和把握国际国内资本转移和产业发展的最新趋势和动向，一时间，产业招商、委托招商、代理招商、网上招商、服务招商、以商招商，在这个城市全面铺开，最大限度地减少审批事项，做到一个窗口对外；一时间，煤田开发、盐田开发、煤发电、煤液化、盐化工，中国和世界各大集团公司，都要来投资建设最大的加工生产线。

一时间，中国最大的、亚洲最大的、世界最大的知名企业纷至沓来。

不管雨点大小，反正雷声很大。

城市早就成了一个特大的接待场，考察项目的，观光旅游的，考察项目捎带着观光旅游的，甚至浑水摸鱼行骗的，成群结队而来。这里的人，无酒不成宴，所以从周一到周五，有多少会要开，有多少客人要陪，有多少酒在喝，有谁能统计得清呢？

在北京王府井书店，那么一座大楼，挤了那么多买书的人，而我们这座城市，书店大多冷冷清清，只有在酒店才会有那样的情景。有几个人会买一本文学书？他们所有的生活就是上班下班，开会，学习文件，跟人吃饭喝酒。他们唯一的出路就是等着领导的重用和提拔，再率领手下的干部们，踏着前任官员的足迹，爬文山过会海，革命的小酒天天喝。

在中央八项规定未出台时，发生在我们单位的这种情形，应该是这座城市多年来机关干部生存的写实。简要记述于下：这两天，我们局的局长早上来，门开了，他洗个脸就匆匆走了。你很难见上他一面，甚至一连多少天如此。上班时间，他要在宾馆房间里陪客人，饭时，又转到酒店陪客人吃饭喝酒。

先是省里主管厅下来人，陪了两三天。

一年之计在于春。开春了，各县局纷纷来人，讨要今年工作安排计划，说市里的安排出不来，县里就无法下手。工作计划没讨到，但都还要请市局领导吃个饭，局长应酬不过来，则由副局长、纪检书记领着各科室的人应酬；但对那几个有煤气油地下资源的县局，局长还是要挤出时间，亲自应酬。

不仅要应付县里来的人，还有从全国各地来的，承包工程、推销产品，各色人等，都在赶场这春天的大好时光！

这一来一去又是陪玩陪吃喝两天多。

我们这里的人能喝酒，但有一些外来的人，也不是等闲之辈，其实中国很多地方的人都很能喝酒。我原来以为只有我们这里的人能喝酒，这是错的。我生活的这个地区，资源大开发，在全国都成了一个香饽饽，全凭羊、煤、土、气——"扬眉吐气"。在这些春天里，多日的大喝，各科室的科长们早已喝不进去了，我们的局长仍旧不服气祖国四面八方来的客人，仍旧同客人大战，每输下酒，局长就自己喝一半，让司机喝一半，反正司机也不是第一次代他喝酒了。

在我生活工作的这座城市，喝酒次数最多、档次最高的当数这些机关单位的人，他们有的人是带几部手机，手机忙碌得像110值班室的那些电话。刚上班那个时间，来电有不少是预约喝酒的；快到下班时间，则全成了邀喊喝酒的。

就这样，一杯一杯复一杯，一年一年复一年。

乾坤旋转在此时

有一人踩着梯子，往一只高大的杯子里扔人民币，这是一幅漫画；另一幅漫画，病床上卧着一干部模样的人，医生正在向他出示化验单，是肝病；还有这样一幅漫画，酒馆门口，一戴草帽的农民，满脸凝重，一串叹息，将馒头、大鱼、大肉收入三轮车上的泔水桶……

这组漫画的意思大概是，公款吃喝是个无底洞，干部伤的是肝，百姓伤的是心。

而我的思绪却被这几幅漫画扯到了遥远的乡下，在我家老宅院垴畔梁上，一个花发小脚老婆婆在小路上走走爬爬。她是我的老祖母，我的几个爷爷和叔父们早就不许她出门下地了，可老是管不住她，在人们都出山收秋大忙之际，她一个人爬到窑垴畔梁上来，一会儿爬行在小路上，捡拾着洒落在路上的金黄的作物颗粒，一会儿佝偻着腰身挂着拐棍望向四山里收割的人们，千百年来，只有这些面朝黄土背朝天的父老乡亲，才懂得粒粒皆辛苦！比起他们，我们的辛苦又算得了什么？我们却大鱼大肉，灯红酒绿，醉生梦死。

禁止公款大吃大喝的文件发了那么多，然而公款吃喝之风仍然不减。当年干部下基层时自己掏钱交"伙食费"早成了"老黄历"；曾经的"工作餐""四菜一汤"的规定也几乎成了一纸空文。

十八大前的一些年，曾有媒体报道，全国一年公款吃喝的开销是一个非常庞大的数字，它们挤占教育、卫生、医疗、社会保障等民生支出。以我们地方一个贫困县来说，行政管理费用支出占财政支出的比重高达 20% 还要多；同时，教育、科技、文体与传媒、社保和就业、保障性住房、医疗卫生、环境保护等民生支出，比重不足 35%。

乾坤旋转在此时。

2012 年岁末，反对铺张浪费，狠杀公款吃喝之风的

行动，在中国大地上风暴式掀起。

大风过处，"成千上万"的高档烟酒不见了。大型酒店门庭冷落，生意无以支撑。

往年，我们这里一个普通的市级党政机关单位，每年仅吃喝招待费就是二三十万元，因为有时一桌饭就两三万元，请客者有目的，被请者觉得有面子，一切开销堂而皇之入账报销。

2013年中央八项规定出台，不到一年，党政机关账面上几乎看不到餐饮招待费票据了。

一日喝酒，我问同坐的一位当局长的朋友，照这样，你们怎么接待？怎么报销？难道真的都不吃喝了？难道你们个人掏钱不成？局长答：接待上级或外地来客，报销票据上要附出差下乡者单位出具的公文或函件，且烟酒一概不入账。又问：不是说地方出产的普通的烟酒也可以列入招待？局长说，现在通行的做法是，好多单位在招待费上烟酒一概不入账。

这回怕不仅仅是教化的问题了，全国各地因此而落马或被查的官员频频见诸报端。在这样的高压之下，就是吃了喝了，也没人把发票拿去报销了。即使当时没事，说不准哪天，旧账就找上门来了，新账旧账一起算。

听说纪检监察部门到处明察暗访。

当然这些人最害怕的是记者了，"记者"这个职业似乎一下在社会上更响亮了。多年前社会上曾流传这样一句话：防火防盗防记者。现在不仅没过时，反而重新"登科"。

酒桌上的位子，和会议室的位子是一样的。职位高低、进场自然会依次入座，没有争没有抢，一个都不会错了。随意坐的，那就是职位头衔都一样大小的。主位一般是进门正对的那一个，主位上的人若没来，其他人没有敢动筷子的，等主位一来，大家"呼"地同时就会从座位上站立起来，那些年龄长者或与主位职位差不多的人，可能站立起来的动作会稍迟慢一些，半坐半立的样子。在主位上的人端起第一杯酒的时候，大家齐刷刷地举起杯子，与主位碰一下，够不着的尽量把胳膊往长伸、身子往过来倾，碰上后一饮而尽……

不知什么时候，在一些高档酒店的包间，突然就出现了一把与众不同的椅子，不过大家也就会反应过来，尽管它没有名字，但所有的人都知道它叫什么名字，不约而同地就能叫出它的名字：龙椅——它的做工，它的威风在那摆着呢。

也不知是过了多长时间，那把椅子忽然又不见了。

领导进来都是背对着门坐——抢了以前秘书和通讯员的位子。坐这个位子，门外的人显然就不好拍到正面照了。我的一个记者朋友，过去常和我们在一搭里喝酒，现在摇身一变，我们常请不到他。请他的人多了，有他在，桌上的人才吃得喝得放心些。

有一段时期，非主流的一些小报、网络记者则迅速"调整产业结构"，由过去的上门求人搞发行、拉赞助、抢广告，改为到饭馆酒店特别是娱乐场所门口守株待兔。当然冒充记者进行敲诈者也大有人在。

那时，四月的一天下午，我和几个朋友到开发区西环路上的一个小馆子吃羊肉，进得店，只坐着一桌人在喝酒。老板跑过来，说由我们自己挑座位坐吧，包间和大厅任意坐。我们只三个人，就选了门口靠窗子的桌子落座。上菜当中，老板不由得找我们说话，说以后这生意是不是都不好做了？往年的这个时候，这里坐得人满满的，门外车也停不下。那天，赶我们喝完酒离开，馆子里都没见再进来人。

谁都知道了大酒店的冷清。

在我生活的这座城里，过去每天下午都有三五十桌顾客的那些中高档酒店，这一时期，每天下午只有三五桌人，多不过十桌八桌，整座酒楼冷冷清清。普遍的一个误解，就是大酒店冷清了，吃饭喝酒的人都转移到小馆子里了。

事情并非那样。小馆子除个别新开的十分有特色的，食客还看见多一点，其余大多数，食客同样稀稀拉拉，比起往年，生意普遍冷清了很多。馆子里的老板们其实是知晓这事的，过去，好多机关干部在小馆子吃喝下的票积攒一块，最后想办法全报销了，还都是公家买单了，所以他们也常到家门口的小馆子喝酒。当公家那里不能报销了，全要自己掏腰包的时候，一切大相径庭。

一座摩天大厦，一天坐不了几桌喝酒的人，最支撑不住的就是这些最高档的酒楼，有两家已直接关门。没有了会议消费，也没有了机关单位来吃喝消费，过去一天几十桌酒席，减少成了现在的几桌；最让酒店感到要命的是，过去一桌几千元、上万元的酒席，降低到了一半千元①。我是跟着相关部门下去做了调查的，我生活的这座大西北的城市里，所有酒店的餐饮业全部赔钱，几乎每天都有关闭的酒店。曾经从业人数可谓最多的行业，大量减员，过半的人离开餐饮业、娱乐业；一批一批，成群结队，离开酒楼、娱乐场，离开这座城市。

不少的小饭店，则是老板和家人自己当起了服务员。

跟朋友去一个地方菜小馆子喝酒，老板是他的朋友，小饭馆的小老板在头一年可是大老板，他承包了一家大酒店的洗浴中心。洗浴中心关了门，他不得不出来开了这家小饭馆，还自己当起了服务员。

中央八项规定，不断升温，如今已成"铁八条"。8小时以外、隐蔽会所、培训中心类的"避风港"，也已不再"安全"。

整治腐化奢靡行动，只有进行时，没有完成时。

---

① 一半千元，指几百元。

酒还在喝

经济要复苏，二三年没过，饭馆、酒店生意又好起来了。酒店的餐饮可以说完全又恢复到往日的红火。包间预订，车位难求，杯盏交错，吆五喝六，热气腾腾……

除过自己身体原因而外，那些大大小小的头头脑脑，哪天下午下班在家吃饭呢？

公款吃喝、官方接待这条红线却少见踩。

那天朋友约夜市喝酒，说他的战友从省城来了，他要请一下，喝酒间方知他的战友及几位同行是省委办公厅接待处的。

缘何这样？近几年因酒而背处分或丢职位的干部，若从全国城乡来论，怕是每天都会有的，那已是不好统计的一个数字。身在省委接待处的同志或许比普通人更清楚这个。

"反四风"的春风，拂遍神州山乡大地。

这事就发生在我们这里偏远山区的两个小乡镇。一乡政府干部提拔到相邻的一个乡当副乡长，这个乡政府的书记、乡长送这名新提拔的副乡长到邻乡就职。邻乡的书记、乡长出来欢迎，并举办了欢迎宴，就在乡政府的食堂里坐了两桌干部喝酒；新晋乡官，敬酒与被敬，那自是豪饮海喝。不想这位新官到外面解手，一头栽到路边沟壑里丧命。参与这场迎送酒宴的干部因这事都赔了款，又受到政纪处分；都是多年在农村工作，正盼提拔回城的两乡的书记、乡长，最终还是没能保住乌纱帽。

再说说"酒驾"的事。

2013年春上的一天，我接到老家来的电话。是我的五爷打来的，本来有点口吃的五爷，话说得磕磕绊绊，快哭了，大概意思是，五爷的小儿子，喝了两瓶啤酒，因酒驾被抓进去了。紧接着又是我的同学杨明军打来的电话，说的是同一回事，奇怪，他们怎么扯到一块儿的？杨明军一个接一个地给我打电话。能不能办了事，故乡的情不能断，我当天驾车回到县里，查问清事情的真相，原来五爷的儿子正是给杨明军开车的，喝完酒从酒店出来，倒车时，剐了正好驶过来的一辆奔驰。我反复查对，五爷的儿子也不是只喝了两瓶啤酒。县城里一个老板出了车祸，他身上所有的债务全烂杆①了，这样的事情还在发生着，杨明军他们有时为一笔放出去的贷款不好往回收，一夜都睡不着觉，有时四处跑着盯梢、寻找贷了他们的款、后来发现不太可靠的那些客户，几天都吃不下饭。那些全是从远亲近邻手中吸收来的钱，要是被人骗了，血本无归，怎样面对父老乡亲？脸面只是一回事，真要还付不了，真会有人敢卸掉他们的胳膊腿脚。绝处逢生，多天追讨无望的一笔款，终于有了一线希望，激动难抑，几个人开着路虎进城里最高档的酒店痛饮一场，连司机都放开了喝，死死活活一搭里走。说"奔驰"车主让他们当天晚上就去处理，要五千元，可他们第二天才去处理，结果对方报了"酒驾"。

---

① 烂杆，指弄不成，烂包了。

我当夜去了，公安局已下班。次日早上，找到公安局，一打听，案子已移送检察院。我火速跑到检察院，一番奔走，终于弄得个取保候审。返回后，有一天电话里与在老家县城里上班的一个朋友说起这事，朋友说，"酒驾"在老家的县城里，查得很严。

再后来，好些路段，越来越多地看到在查"酒驾"，不光是严厉打击，震慑力也是很大。

查"酒驾"，不断地加紧，为了避免人情，全省公安交警部门不停地异地调警出击。

现实是，总就有那么些人要铤而走险，每路过，都能看到那些于检查路段仓皇逃窜的车辆。一位看守所工作的朋友讲，即使到了今天，还是有"酒驾"的人不断地送进来。而这位朋友所不知道的是，被抓住了，而没有送进来的也不少。公职人员，一旦因酒驾或醉驾给送进来，那就事大了，所以他们千方百计找人、花钱，不能让送进来……正是这样引来了利剑出鞘，国家痛下决心，砸烂"保护伞"，铲除"黑后台"。

少些烟酒气，多一些书卷气

　　大大小小的领导干部，形形色色的专家、学者、教授、名人……那些年灯红酒绿，海吃愣喝。

　　雪山跑的、深海游的、蓝天飞的，没有他们不敢吃的。

　　更不敢想的是，他们还吃老鼠仔、活猴脑、肉蛆等。某种喜欢夜间出没的动物，有一种非常强烈的气味，即使是味道很浓的调味品也掩盖不了那种难闻气味；想来驼峰也并不会是什么美味，不过是如同一大块肥肉而已……

　　然而，有时东西好不好吃，并不重要，吃的是面子、地位。

　　现在，一切戛然而止。

　　一次，我应邀出席酒局，酒是茅台，服务员全是拿着矿泉水瓶瓶往分酒器里倒酒。喝了四五瓶酒，这场酒宴，谁出钱，我不得而知，但我知道，肯定不会在公家部门入了账。有时，我去请那些领导们一块小坐喝两杯，个个都提心吊胆，总要反复地说上几回，现在出来吃饭，可是担风险哪。即使是个人请客，被纪检部门、巡视组查到，同样有问题。然而，机关干部每天晚上在自家吃饭的又有多少呢？

中央八项规定出台后的一些时日，听到的是一大片呼声："这也正好救了我的命。"特别是那些天天有场子，或有多个场子的人。也有人熬不住这份"清廉"，进了小区，在单元楼里，四个人，坐个小方桌，各自喝着门前的酒。

一场大风，能不能把"公款吃喝""铺张浪费"像树叶、纸屑一样给彻底卷走？

一场大雪，覆盖了大地，白茫茫一片。

决策英明。然而这场摧毁恶习之战，若靠少部分人作战，难以很快取得大胜利。

鲁迅先生说："中国欲存争于天下，其首在立人，人立而后凡事举。""立人"通常意义上的理解，必定是指完善我们的思想和文化修养；广学多读，用文化和智慧擦拭掉我们思想上的"浮尘"，才可"凡事举"。

"少一些烟酒气，多一点书卷气。"这也许才是不忘初心的一条大道！

在大街上，经常可以看到的是那些摇摇晃晃走过的酒鬼，捏着烟卷走过的人，没见几个腋下夹着一本书，兜里插着一支钢笔走过的人。在这个社会思潮和价值取向复杂多样的时代，要让书店门前的车多得像酒店门前那样无处停泊，仍是需要时间的。

人类文明的脚步啊，它为什么总是那样遥远而缓慢地向前行进着？

后 记

1

在许多地方，喝酒的人，都是很多的。

《消逝在酒馆里的岁月》选择了我这个写作的人，来到这个世界，让我在受宠若惊之时，诚惶诚恐。我有时在想，这也许是一种宿命。2010 年的那个冬天，《消逝在酒馆里的岁月》在《人民文学》发表；也是借助《消逝在酒馆里的岁月》，一个小地方的写作者第一次登上《人民文学》。

那段时间，人们一见我就问："还在酒馆里消逝岁月？""又到酒馆里消逝岁月去呀？"我们地方最高领导也亲自撰写了一篇读后文章，在地方"两会"期间，指示和我的原作一同在地方报纸上刊登，让地方机关干部学习，我们这里的"反四风"其实从那一场学习就算展开了。那一期报纸加印了还不够，在第三天时又排版重新开机印刷了一次，这是当地报纸史上少有的。

一时间，我的作品集成了这个地方好多人的床头书。《酒馆》成为"警世通言"，成了一味戒酒的良药，有的人夜里喝酒归来，睡觉前痛下决心"拜读"一遍，有的是被妻子硬逼着"学习"一遍……

2014年《北京文学》以开年之作，重磅推出新的《消逝在酒馆里的岁月》，并发起一场大讨论。从这时开始，我每天都能收到来自五湖四海或熟悉或陌生的朋友的电话、短信。在电话里，大家不是叫我"马语"，而是叫我"消逝在酒馆里的岁月"，我的名字成了"消逝在酒馆里的岁月"。

怎么不是呢？我还是不断地"去酒馆消逝岁月"。

我邀约朋友们到那些偏僻处的小馆子喝酒。每每举杯的时候，我望着举在我手上那杯子里波动的酒，就不由得想，这岂是我一个人的名字呢？

2

我本卑微如一棵草木。

故乡是陕北高原黄河岸边一个只有二三十户人家的小山村，那时，石坡、草林就是我们的幼儿园，放牛割草是我整个童年的记忆。

这一生都走不出这个身世，我爱泥土和泥土之上生长着的青草，特别是故乡山野水畔那青草。这份情，影响了我的做人与处世的方式。初中毕业，刚上地区师范学校的时候，就将父母寄来让我买饭票的从黄土坷垃里刨出的汗水钱，买了惠特曼的《草叶集》。从那时起，我的精神世界，到处弥漫着青草的气息。

无论走在哪里，我都对自己说，要记住，你曾是一个割草的孩子。只要有故乡小草那种精神，还有什么人生之艰、生命之重承受不起？风雪过后，草丛长出一片绿色，承受阳光的抚慰，仰望着蔚蓝的天空，轻声地歌唱着，抒发它们对土地的感恩。

故乡山道上融雪层下探出小脑袋的那草，永远绿在我的心间……

是《酒馆》，给我戴上了作家的桂冠。

《酒馆》问世后，我的生活有了不小的改变。只要有我出现的场合，人们就会说："这就是《酒馆》的作者。""可把咱这里的喝酒和酒文化写好了！"多年间我无法记得回答过多少人："我写《酒馆》没有划定地域，更不是写一个地方，我是写整个时代和社会的。无论他是什么地方的人，甚至是美国的、俄罗斯的，他们为什么喝酒，和我们的情形大体一样；而且只要他喝醉了，心理世界和言行举止估计不会和我们相差太大。"

无论出现在哪里，只要说起《消逝在酒馆里的岁月》，总是会有人知道，看那样子，他们是被深深地打动过，因为每个人都曾有过喝酒之痛。人们在传阅着我收入《酒馆》的文章，说办公桌上是放不住这本书的，都被人抢走了，好多人想找我签个名珍藏起来。有一回从酒馆出来，被几个人认出，他们从车里拿出来我的一本书，缠着要我签个名，书就放在小车的引擎盖子上，我就着树梢间露下来的月光，签了个名。我的字写得不好，因而不爱签名，有一次是在一个小酒馆里，一位女子拿到我的书后，非得让我签名，我直至拖到酒局散场也没给签名。我要走，一同喝酒的几个人帮女子拦住我，一个去小馆子的门前，展开双臂挡着怕我跑了，其他几个人也伸开双臂，我被几个醉汉那么夸张地在小酒馆里围追堵截。

还有不少机关干部，把《酒馆》文中的一些片断剪下来，贴在电脑上自己的空间里，署上我的名字，也署上他们的名字。给发短信息的，那就无法记得清了，我不知他们从哪里找到我手机号码的。令我记忆深刻的是《酒馆》出版后，那个慕名给我发短信的老年人，给我发了很长的一条短信，其中几句是这样写的："我儿子是县委办公室主任，深受酒的害……马语老师，要是你的文章早写出来，肯定能挽救不少人的性命。"

《人民文学》首发，2011年的各类选刊和年度选编、排行榜，到2014年《北京文学》发起全国全年大讨论，还有网络的传播，加起来是有多少的读者？《北京文学》让我在他们杂志扉页的作家热线上，统一回答全国读者的提问。不只那时，这些年我个人也接到不少的电话和信息，单从这些电话和信息，也可感知到在大江南北、长城内外，

《酒馆》这本书有着很多的读者。

那年我第一次到珠三角参加一个文学活动，新老作家竟然都知道我的名字。我一下就想到是《酒馆》使然。后来有一次去京城开会，喝酒间有人在介绍我们这些中青年的写作者，北大的一位教授、评论家听到我的名字，盯着我自语："啊，马语！"情不自禁，若有所思，感觉一见如故，那时那刻我的激动是可想而知的。

3

"马语固执地写着。昔日少年今安在？十几年前那些写作者，至今还写、还怀着梦想的恐怕已经很少。陕北高原上，风中匹马萧萧。他的声音，高原上的人们于喧嚣中听见了，在更广大的喧嚣中，更远处的人们也会听见。"

"独立西风听马语，男儿仗剑意彷徨！"

这是京城里当代一位文学大评论家写在我散文集序言里的一段话。

到现在又过去了十年。

即使是现在，要说一点没彷徨过，那就是假话。微信里扩散着的一份"干部任职公示",就会让我心里产生波动。有一天夜里,我到二更天还没能入眠。原单位的、身边的、认识的,不断地有人被提拔高升,微信上,流水不断地传着"干部任职公示"。我选了写作,职务最低,职称最低,现在是几年为一部书。我是否选错了道路?

初到这座城市那些年,坐酒馆里喝酒,常能听到有人在说,我那孩子在单位办公室写材料,后来单位的一些大型材料都是我孩子给拿,听说领导很满意!炫耀之意明显可感,但都是非常真诚的话。不知从哪天起,这类话从酒桌上消失,再没听人说过。当年一个作家走进大学校园做报告,那是早早就张贴了海报,不光是中文系的学生,其他系的人也有来听的,那些大教室、大会议室到处挤满了听报告的人,连楼道上都站满了人。

《酒馆》现在能被大众读者喜爱,我不止感恩和知足,而更当奋发!

读者只是读了我的文章,如果从远方望过来,我又是怎样一个卑微的人?北方天空下的这座城市,阳光清和,也可能是下着雨,或飘着雪花,一个背有些驼(过早地被岁月给压弯），衣服旧简，手里拎着一个手提袋，一般是用来装随时要翻看的书籍和正在修改的稿子，猫着腰，疾疾往前走……

每这样想的时候，思绪便会去到久远的鲁迅先生短篇《孔乙己》那里绕一圈。

从《孔乙己》那里回来，一个人怀着悲壮的激情，继续爬蜒在文学迷茫的小道上。三十年起早贪黑，从乡下小镇中学到今天的政府挂职，无论在哪个单位，几乎都是每天早上最早到单位开门的人。这几年在政府挂职，与那群女人一起走进政府餐厅的门，她们是扫楼道的保洁员，每天早上她们都是需要最先到来的一批人。

有好些时候，我常常替自己的眼睛委屈和伤心，我的眼睛跟了我受了不该受的罪，常人不用受的罪。从上学那天起，盯着书本到现在，日日、月月、年年，写作的这些年，不只盯着书本，更多的要盯着电脑屏幕，从太阳升起到落下，同样没有天晴天雨，或许比我故乡的五爷在土地上劳作的时间更长。长期坐在桌前书写，颈椎、腰椎、坐骨也是要受很大的罪啊。就是一个胃，长期坐着不动，吃进去的东西不消化，胃就不好受，只要从桌前站起来在办公室走一会儿，胃就不难受了，可是，没有时间站起来去走步，就在肚子上裹一只线衣，一直书写着。

是读者，给了我力量！

4

小时候，山村的学校放学后，我就到山野里放牛羊，黄土高坡上我们最大的喜好是放声歌唱。那时山村里还没有电视机，出门做木工的父亲买回来一台收音机，海燕牌的，不记得听过什么时事和新闻，主要是听曲艺节目，特别是歌曲。场院上，也可能是山梁上，从"海燕"里飞出的歌声，缭绕在小山村……

我一直也是喜欢音乐的。天刚亮就到了单位，匆匆吃过早点，我就开始工作、写作，包括节假日在内，到哪里找听歌的时间？多是开车走在路上的时候听听音乐，反复地播放那些老歌，《牧羊曲》《童年》《黄土高坡》《军港之夜》……它们都是歌手们的成名曲。

一次次，这样的时候，我在想什么？

我要写出像这些歌儿一样影响几代人、感染众多读者的文学作品。

歌手一夜唱响，一首歌红一辈子。我二十年在文学的道路上苦熬，才写出了《消逝在酒馆里的岁月》，初次在《人民文学》发表的时候，它才是一个万言的作品。我的这一个文学作品，它是无法与那些成名曲相比的。不过我常常在幻想中，把它当成了我的"成名曲"。

在陕北向北的高原上，在文学的征途上，摸爬滚打几十年，深知基层的、这样一个地方的写作者，要在当代文学史上留下自己的一个作品，哪怕是划下一个小小的印痕，何其艰难？

从这个意义上讲，我是幸运的！中国作协副主席李敬泽两次为这个作品写过评论：

"《酒馆》说的是酒事、身体事，其实也是世道人心事。马语却不从世道人心立论，他只老老实实说酒说身体，酒的陷溺与身心的麻木、痛苦中正见出了时代隐秘的病症：被欲望支配的笨重的身体，和那无语的、焦虑的心。"

"时至今日，我依然认为，若要认识大发展的时代，此文是一份曲径通幽的旁证。一个时代的气运和品格，它的亢奋和感伤，其实不在大嘴小嘴怎么说，而在那些不必说的事，比如身体，比如酒。酒把时代铭刻在人的肝脏上。"

2014 年新年就要到来的时候，在北京前门西大街办公的《北京文学》，作为开门之作，在其第一期头条位置《现实中国》栏目隆重推出了新修改的 3.5 万字的《消逝在酒馆里的岁月》。并用《酒馆》所写现实问题、以"今天，中国人该如何讲感情讲面子"为话题，向全国读者发起一场为期一年的大讨论。

这是当时的编者按：

有诗曰，酒里乾坤大，壶中日月长。中国酒文化风情在马语笔下却是纠缠着无奈与悲悯、成功与欢悦的一场场盛宴，奢侈浪费与人情世故、享受生活与勤俭节约、传统思想与现代诉求，酒里是当代熙熙苍生，壶中是人生漫漫征途。多少故事，多少悲喜，多少纠结，多少质疑，多少拷问，问你，问他，问我——酒到底给我们带来了什么？

当时的征文启事里有这样一段：

当代社会，处处酒殇，无酒不成席，无酒难成事，吃吃喝喝，觥筹交错，已成普遍场景。重要的是，中国人的酒杯里包含了太多的感情和面子，但由此带来的奢侈浪费之风犹如传染性病毒，早已无孔不入蔓延到社会生活的各个领域并且痼疾难除……"少一些烟酒气，多一些书卷气"，这该是新时代我们共同的期待。为着这种期待，本刊从2014年第一期起发起"今天，中国人该如何讲感情讲面子"的问题大讨论，欢迎大家踊跃参与。

独自行走在高原上，茫然四顾的时候，我也会想起大师们对我的这些评论，京城里那些文学大刊对我的推举。

5

从山野水畔走来，长期从事着牛马般的劳动，工作三十年没有过星期六、星期日这一概念，因而任何一个微小的收获，对我来说都十分珍贵。这十多年，我没有停下过对《酒馆》的修改，就是想把它打磨成我的一个真正的"成名作"。

无论今后写出什么书，或写不出什么，我已有一本书流传在民间，为大众所喜爱！

当然还有一个更为重要的原因是，"十八大"以来，"反四风"的新风在神州大地浩浩拂荡。这样一场轰轰烈烈的运动，必然应有作家来记录、抒写，将这场反对铺张浪费、遏止奢靡腐化的斗争，载入一个民族前进的史册。

从生活本身来看，《酒馆》也是不会过时的，只要还有人喝酒。不只喝酒的人读，从《酒馆》发表十年来的一些经历看，远远不止喝酒的人在看这个作品，喝酒人家中的父母、妻儿都在看。男人们喝酒，更多地牵动着的是女人的心！

酒与中国古典文学形影相随，从那时起，酒就与文人墨客结下了不解之缘。然而并非只有文人墨客好酒，无数胼手胝足创造生活、砥砺前行书写历史的人，天晴，天雨，哭了，笑了，都喝过酒。解忧的酒，喜庆的酒，苦辣的酒，甜美的酒！也许正是融入了酒，时间的河流才那样一路奔腾激荡！

马语

2019 年秋天于陕北高原